Kathrin Schröder

Frau Kain regt sich auf

© 2015 Kathrin Schröder

Herstellung und Verlag:
BoD – Books on Demand, Norderstedt
ISBN 978-3-7347-8053-0

Auch erhältlich als Hardcover oder eBook

Printed in Germany
Umschlaggestaltung: Juliane Schneeweiss
(www.juliane-schneeweiss.de)

Bildmaterial: © Depositphotos.com

Das Werk, einschließlich seiner Teile, ist urheberrechtlich geschützt. Jede Verwertung ist ohne Zustimmung des Verlages und des Autors unzulässig. Dies gilt insbesondere für die elektronische oder sonstige Vervielfältigung, Übersetzung, Verbreitung und öffentliche Zugänglichmachung.

Liebe Petra,

viel Spaß beim Lesen und eine amüsante besinnliche und nachdenkliche Zeit mit Frau Kain wünscht

Inhaltsverzeichnis

Was man nicht erzählen kann 11

Frau Kain regt sich auf… 15

Wie können wir Gott schauen? 25

Wie Abraham den Segen vom Herrn 28

verheißen bekam 28

Sollte man nicht lachen? 31

Vorwärts ohne zurück zu sehen 33

Das Teuerste weggeben 38

Betrug um Betrug 41

Träumer 46

Josephs Bruder 49

Lebe, kleiner Bruder 54

Es soll ein Tag werden, ... 58

an dem wir ankommen 58

Vertrauen und Angst 63

Wenn Du mich fragst, es bleibt doch Verrat . 66

Die Fremde 71

Wir dachten, welch ein Großmaul 74

Wenn der König ruft 77

Gerecht oder Dumm? 81

Dumm, wer einer Frau vertraut 85

Ohne ihn wäre mein Mann tot 88

Weitermachen 91

Hiob – gibt nie auf 99

Hohelied 102

Ein merkwürdiger Passagier 103

Zweiter Teil 108

Frauenkram 108

Kindererziehung? 114

Ein anstrengender Beruf 118

Das Gesicht voll Unglaube, ... 125

Tränenspuren auf der Wange 125

Brot und Fisch 128

Der reiche Erbe 131

Der verlorene Sohn 134

Ein geiziger Bräutigam 138

Der kranke Knabe 140

Der Gelähmte am Teich 142

Das glaube ich nicht! 145

Nur eine Sandbank? 148

Welch ein Skandal 151

Beten 155
Krankheit in der Fremde 157
Frauen am Brunnen 162
In meinem Lokal 167
Ich war dabei… 170
Zur Wache in Judäa 174
Besuch am Grab 177
Glücklicher, als sie gekommen waren 179
Seine letzten Tage 181
Welch herrlicher Tag 184
Ich habe jetzt denselben Weg wie ihr 187
Ein Küchenjunge und sein Dienst 190
Wie geht das mit der Liebe? 195

Was man nicht erzählen kann

(frei nach 1. Mose 1-3)

Bereschit bara...im Anfang schuf...

Am Anfang, ich erinnere mich an alles ganz genau – war ich dabei oder hatte Er, als Er uns erschuf, die Erinnerung an seine Schöpfung in uns mit erschaffen? Wie hätten wir sie viel später sonst den Menschen in den Sinn flüstern können?

Die Menschen nennen es wüst und leer, Chaos, ich nenne es Anfang. Worte kenne ich dafür nicht, es war herrlich und schrecklich, groß und winzig, angsteinflößend, machtvoll und unendlich fremd. Aber Er war da, Sein Geist war in allem. Es war nichts und es war und Er schuf das Licht und machte Tag und Nacht.

Aber Sonne und Mond waren noch nicht, nur Licht und Finsternis. Und Er machte den Himmel und die Erde und trennte das Wasser, dass es Meer gab und Land. Aber Leben gab es nicht, nur Platz für das Leben.

Er ließ das Grüne wachsen auf vielerlei Art und an jedem Ort, der Platz dafür gab.

Dann machte Er Licht am Himmel, Sonne, Mond und die Sterne, die gaben allem Rahmen und Zeit. Nichts ist vollkommener als das erste Aufgehen der Sonne, nichts rührt das Herz mehr als der erste Mond, der hinter dem Meer versinkt. Aber es war still, kein Atmen, kein Gesang, Wind nur und Wetter, Rascheln im Grün, Leben, aber stummes Leben, unbewegtes Leben, grünes Leben.

Dann sprang es hervor, das erste Glitzern auf einer Fischschuppe, das erste Mal bricht sich das Licht im Spiel einer Qualle, die erste Muschel wird von einer trägen Welle auf den Sand geworfen. Wer sagt denn, Fische sind stumm? Sie reden nicht mit Worten, aber nach der Stille des grünen Lebens ist ihre bloße Existenz Gesang.

Aber es blieb nicht bei dem Gesang des Meeres, Federn in 1000 Farben, Schwingen im Wind, Tanz in den Himmel, fliegende Vögel und Gesang und Geschrei. So machte Er Leben in Wasser und Luft und am Boden und im Boden, große und kleine Tiere, den Wurm und die Laus, Katze und Elefant, Tiere – Tiere jeglicher Gestalt und Größe.

Mehr Gattungen, mehr Arten, als ich Zahlen und Worte habe. Und auch wenn ich jetzt Namen nenne, sie hatten keinen Namen, ihr Name war Sein, Dasein und alles war gut.

Erde und Himmel, Wasser und Land, Sonne und Mond, grüne Pflanzen und Getier in Wasser, Luft und Land und Sein Geist, der über allem webte und schwebte, schuf und war.

Dann nahm Er von der Erde und von Seinem Atem und von Seinem Geist und schuf Sein Abbild. Einmal, einen Einzigen machte er auf diese Art und aus diesem einen machte er zwei, einander Gefährten, einander Hilfe und Schutz, ganz und vollständig nur gemeinsam.

So waren sie da, die Menschen, und wir waren da, und wir sangen und erzählten und flüsterten, was wir gesehen hatten und woran wir uns erinnerten, und was wir träumten, wie Er alles schuf.

Und alles war fertig und alles war herrlich und alles war, wie Er es gewollt hatte.

Und dann schuf Er das Größte, die Ruhe und die Stille, die Einkehr nach der Arbeit, stille werden, alles verweilt und hält inne.

So groß war es und in so wenigen Worten erzählt, aber es war die Zeit vor den Worten, vor Namen und Geschichten und Erzählungen.

Der Mensch war der Anfang der Worte und Er ließ ihn Namen wählen für alles, was lebt. Und Er gab Raum zu leben und zu sein, aber der Mensch war wie ein Neugeborenes, denn alles war neu und erstmalig und einmalig.

Der Raum, der Garten, war... wie das, was Menschen später träumten als der Ort, an dem gut zu leben ist. Der Garten hatte Grenzen, nicht wie ein

Garten hier, keine Zäune, Hecken oder Mauern. Seine Grenzen waren innen, zwei Bäume, zweimal das große Nein.

Iss alles, nimm alles, sei alles, aber nicht diese zwei. Und der Mensch hörte nicht, nicht auf Seine Worte, nicht auf das Loblied der Schöpfung, das die Vögel sangen, nicht auf die Erinnerung an Seinen Geist, der alles durchdrang und auch im Menschen war. Der Mensch hörte aber auf das Flüstern der Versuchung. Der Mensch sah nicht das Sonnenlicht auf all dem Grün, das immer noch das erste Licht spiegelte, er sah nicht die glitzernden Quellen und die leckeren Früchte, die für ihn wuchsen. Er sah nur die Frucht, die nicht für ihn war.

Und der Mensch griff zu und er aß und die Frucht wurde süß und bitter in seinem Mund. Und er weinte, denn das Licht war nicht mehr das erste Sonnenlicht, und die Quellen waren schal. Aber der Mensch sah sich und seine Gefährtin mit neuen Augen und sie bedeckten sich, weil alles sich verändert hatte.

Und als Er sie sah und in ihren Augen das Neue erkannte, da kam der Schmerz in die Welt und Er schickte sie aus jenem Garten, der nun außen eine Grenze bekam, die sie nicht mehr durchdringen konnten. Und aus dem Rest des ersten Sonnenlichts machte Er ein Schwert aus Feuer und gab es mir, Cherubim. Und es brannte und ich trennte den Garten von den Menschen und der Welt. Der Mensch aber nahm den Schmerz, den er Ihm bereitet hatte, mit in die Welt.

Frau Kain regt sich auf...

(frei nach 1. Mose 4)

Ich glaube Sie kennen mich nicht, ich möchte Ihnen aber trotzdem eine Geschichte erzählen, die zwar nicht meine ist, aber in gewisser Weise schon. Es ist schon lange her und passiert ist alles, bevor ich ihn kannte und geheiratet habe, diesen ruhelosen Mann mit der Narbe. Wir haben ein schweres, aber gutes Leben gehabt miteinander, ja, ich denke, so kann man es nennen. Als ich ihn heiratete, wusste ich vieles noch nicht und manches habe ich erst Jahre später gehört, hier ein Wort, dort einen Satz, nach und nach...

Früher, so hat er mir erzählt, war er Ackerbauer, hat die Felder bewirtschaftet und war wohl auch gut und erfolgreich darin. Das Land trug gut, mehr als er verbrauchen könnte. Wenn man ihn heute erlebt, mag man das gar nicht glauben heute, heute kann ich ihn nicht einmal in die Nähe meines Kräuterbeetes lassen, sonst geht alles ein, nichts wächst unter seiner Hand. Deshalb war ich auch so erstaunt, als er mir das erste Mal davon erzählte und irgendwann kam sie dann stückweise, die ganze Geschichte.

Er war Bauer und bebaute das Feld, ein hartes Brot, viel Schweiß und Tränen, Arbeit und Sorgen, und alles war erst sicher, wenn die Ernte sicher eingebracht war. Die Ernte war gut gewesen, aber auch hart erarbeitet, und wie es sich gehört, baute er einen Opferaltar, um von den Früchten des Feldes zu opfern.

Sein Bruder aber war Schafhirt und er dachte immer: „Diese Arbeit ist viel leichter und die Sorgen sind auch geringer. Er muss halt aufpassen auf die Schafe, die Weidegründe kennen und hat auch mal Sorgen, wenn alle zugleich lammen oder ein Wolf in der Nähe ist… Aber richtig harte Arbeit ist es selten, kein krummer Rücken wie auf dem Feld immer und immer wieder für jedes Korn…."

So wie er von seiner Ernte opferte, so nahm sein Bruder von den Lämmern für das Opfer, aber – Gott war nicht gerecht. Ja, wenn er beide Opfer genommen hätte, hätte mein Mann wohl gegrummelt, dass seine harte Arbeit nicht besser anerkannt wurde als die leichte des Hirten, aber es war schlimmer. Sein Opfer wurde gar nicht und die Lämmer wurden mit Freude genommen.

Er war wütend, richtig wütend. Satt werden - schön und gut, aber auch ein wenig Lob und Anerkennung gehören dazu, und außerdem: Er als Älterer müsste ja sowieso höher gewertet werden. Und statt dass Gott ihm dann wenigstens Gutes zusprach und Mut machte, blieb Gott ungerecht. Er warf ihm seinen Zorn vor und warnte ihn vor unrechten Gedanken und Sünde. Wir wissen alle, wie heißblütig mein Mann ist, der Zorn kochte in seinen Adern und er konnte sich einfach nicht beruhigen.

Nach außen aber blieb er ruhig, lud seinen Bruder auf einen Spaziergang und …. dazu sagte er nur: „Dann lag er auf einmal erschlagen vor meinen Füssen und ich lief nur weg." Ich weiß nicht, was er dann fühlte, Zorn auf sich, Befreiung, ich weiß es nicht, er hat es nie erzählt, nur dass Gott ihn weiterquälte und nach seinem Bruder fragte. Gott ist doch allwissend, warum wollte er denn noch, dass mein Mann es aussprach? Er sah keinen Ausweg mehr und keine gute Antwort und wischte die Frage weg mit: „Soll ich sein Hüter sein?"

Aber Gott ließ sich nicht so einfach abspeisen. Gott wusste ja, was geschehen war, und es war eine Tat, die nach Strafe schrie. Hätte Gott ihn in diesem Moment erschlagen, sagte mein Mann später, es wäre gut gewesen, das, genau das hat er erwartet, als Gott von dem Blut sprach, das aus dem Acker schrie.

„Dein Bruder ist tot, das Land ist besudelt, du, Kain, kannst nicht mehr vom Land leben."– diese Strafe war fast härter als der Tod.

Nicht mehr das Land bebauen, weil nichts mehr wächst. Diese vertraute Arbeit nicht mehr tun, warum? Das hieß doch wegziehen müssen in eine Ansiedlung und dort Arbeit finden in der Fremde. Und es hieß jeden Tag daran denken müssen, jeden Tag, den Gott ihm gibt, an den Bruder ~~zu~~ denken und an das Blut und an die Hände, die so etwas Schreckliches getan hatten.

Trotzdem hatte Kain noch Angst vor dem Tod und er war sich sicher, wer ihn sähe, würde in ihm den Ausgestoßenen sehen, den, der getötet hat und Schuld trägt. Aber hier, nach all der Härte, nach all der Ungerechtigkeit war Gott wieder ungerecht, nur dieses Mal für Kain und nicht gegen ihn.

Er gab ihm das Zeichen, die Narbe, wie ich es nenne, die aller Welt zeigt: An diesen Mann dürft ihr nicht Hand legen, dieser Mann wird von Gott gerächt. Kain war schuldig geworden bis zum Letzten an seinem Bruder, an seinen Eltern und am Erdboden, den er mit Blut statt mit Wasser getränkt hat. Aber die Strafe war nicht größer geworden, als er sie tragen konnte. Nicht mehr sesshaft sein, ruhelos, um sein Brot zu erwerben, aber auch ruhelos, weil er den Bruder nie vergessen kann, aber sicher – Gott hat ihm eine Chance gegeben, zu verstehen, zu lernen und Kraft zu finden. Er hat ein schweres Leben gehabt, mein Kain, aber ein Leben! Mehr als sein Bruder je hatte. Ein schweres Leben, aber dennoch ein gesegnetes Leben. Gott hat ihn vielleicht ungerecht behandelt dort auf dem Acker, als alles anfing mit seinem Opfer, aber danach hat er die Hand über ihm gehalten und ihn geschützt. Wer von uns hätte das getan, hier am Ort, wer hätte gezögert, den Mörder zu strafen, ihm das zu nehmen, was er dem anderen Menschen genommen hat, das Leben?

Aber Gott, Gott ist anders, er misst mit anderem Maß, nicht wie wir, nein, nicht wie wir.

Versuchen wir es noch einmal?

(frei nach 1. Mose 6-8)

Hätte ich einen anderen Mann, ich wäre jetzt wie die vielen anderen, stumm, nass, tot, ohne Fragen, ohne Sorgen, ohne Angst.

Und nicht im Dunkeln, im Lärmen und Schreien und Ächzen, endlosen Schaukeln, Wasser, wohin das Auge sieht und kein Ende von Sorge und Angst. Jetzt weiß ich nicht, wo ich lieber wäre, dort draußen und hier in diesem großen Sarg, lebendig auf und in dem Wasser.

Ich bin so trost- und mutlos, obwohl oder weil wir auserwählt sind. Ich bin einsam, denn wir sind so wenige, so wenige, und wir wissen nicht, ob wir noch ein einziges Mal ein Stück Land sehen werden.

Aber vielleicht sollte ich am Anfang beginnen.

Es war schon keine schöne Zeit. Wir haben gearbeitet wie alle anderen, damit das Essen auf den Tisch kommt. Aber zu ihren Feiern sind wir nicht gegangen. Sie tranken, bis sie nicht mehr konnten, und sie fluchten und lästerten und beschimpften Gott. Sie taten einander Böses und jedem, der nicht dabei war, lachten sie hinterher – wenn man Glück hatte. Wir aber schauten weder rechts noch links, sondern taten, was wir als rechtes Tun von unseren Vorvätern kannten und dachten nicht groß an die anderen in unserem Tagwerk.

Es war ein ganz normaler Abend, nichts Besonderes, als der Vater meines Mannes an den Tisch kam, wie unter einem schweren Joch.

Wir dachten seine Arbeit drücke ihn und wollten ihm ein warmes Bad für seine wunden Füße machen, aber er winkte nur ab und bat uns an den großen Tisch. „Hört mir zu", sagte er, „hört mir zu, bis zum Ende und fragt nicht, ich weiß nicht, ob ich die Kraft habe, es mehr als einmal zu erzählen..."

Und dann sprach er, von Gott und dass er ihn gesprochen habe und von dem ganzen Schmerz und der Schuld und dem Leid um uns. Er sprach von einem großen Schiff, von viel Arbeit für uns alle und noch mehr Ausgestoßensein. Er sprach von Fluch und Tod, von Sterben und Leben und seine Stimme brach, denn er war nie einer, der viele und große Worte machte.

Ich hatte Angst, wie er so sprach und sprach, und ich musste lachen, denn wie sollten wir kleine Schar so etwas bauen? Keiner von uns konnte das und ein Leben konnte dafür nicht reichen. Aber die anderen sahen mich an und ich hörte zu lachen auf.

Wir schlugen Holz auf unserem Grund die nächsten Tage und mein Mann und sein Bruder fuhren mit dem Fuhrwerk in die nächste Stadt und kauften Pech und viele andere Dinge, von denen ich nichts verstehe. Sie fuhren nicht nur einmal und nicht nur in unsere Stadt, denn als es sich herumsprach, was wir alles Dummes kauften, wurde es teurer, wenn wir kamen.

Die Knechte und Mägde gingen auf unsere Felder und sorgten für das Vieh und wir waren nur gerade so oft dabei, dass alles wohl geriet. So war es die Aufgabe der Männer, die Bretter und die Balken aus den Bäumen zu sägen, und dann das Kleinholz und die Rinde abspalten war die Arbeit für uns. Und alles lagern und trocknen! Zudem: Wir kochten und backten, dass alle satt wurden.

Als immer mehr gutes Holz und Nägel und Seile und all das bei uns lag, kamen die Nachbarn, um zu schauen und zu lachen. Aber wir sagten nicht, was wir vorhatten, und sie redeten von einem neuen großen Haus, weil wir endlich vernünftig geworden seien und es uns gut gehen lassen würden wie sie auch.

Aber es wurde kein Haus und als man es sah, dass wir kein Fundament bauten, sondern einen Kiel, wurde das Gelächter immer lauter. Die wissen nicht, dass ein Boot Wasser braucht…!", war noch das harmloseste, was sie sagten.

„Die wollen das ganze Dorf einladen und warten nur noch auf das Meer!", sagten sie, als man die Größe sehen konnte. Dann fuhren wir Frauen los und kauften Vorräte, für uns und das Vieh, und sie lachten: „Die bauen ein Schiff und die Frauen machen Männerarbeit." Aber dann kam auf einmal das

Getier, ganz von allein, keiner hatte es gerufen, da fingen sie an von Hexerei zu reden und von Wahnsinn.

Wir aber machten die Tore des Schiffes auf. Alles war gut abgedichtet mit doppelt und dreifach Pech und es war hoch wie viele Häuser, kein Segel war daran und kein Ruder, das hätte auch niemand halten können. Aber Steine waren darum und Holz, die hielten das Schiff aufrecht und gerade und es knackte nur wenig im Holz, als die Tiere hineingingen, jedes in seine Nische.

Und wir packten die Betten hinein und die Töpfe und machten die Tore zu und alles dicht, denn der Vater meines Mannes hatte es uns so gesagt. Am Abend aber fing der Regen an und klang fremd und tröstlich auf dem Holz über unseren Köpfen.

Drei Tage regnete es, dann kamen sie. Sie warfen Steine auf das Schiff und riefen, wir sollten ihnen öffnen, aber die Männer sagten, wir dürfen nicht, Gott wolle dies so. Erst riefen und schlugen sie gegen das Schiff, dann stieg das Wasser und wir trieben darauf. Wenn wir oben eine Luke öffneten, sahen wir noch Land und kleine Boote dazwischen und Flöße, die die Menschen schnell gebaut hatten, aber der Regen hörte nicht auf.

Dann sahen wir nur noch Wasser und Regen, alles grau - und so blieb es bis heute. Aber heute ist es nicht mehr so viel Regen und man kann ein wenig blau am Himmel sehen. Der Regen hat aufgehört, aber das Wasser reicht bis zum Horizont und noch weiter. Werden wir noch einmal Land sehen? Ein wenig Sonne ist zu sehen und die Männer wollen einen Vogel hinaus schicken, damit der Land findet.

Ob unser Essen noch so lange reicht? Wir sind wenige, aber es sind so viele Tiere…

Das Wasser scheint zu fallen, wir sind auf einem Berggipfel hängen geblieben, aber rechts und links sieht man nur Wasser. Sie wollen den Vogel heute fliegen lassen. Die Taube ist wieder da, müde und zerzaust, sie hat kein Land gefunden. Aber ein wenig wächst die Hoffnung doch in mir. Sie haben sie noch einmal fliegen lassen und als sie wiederkam, trug sie ein Blatt von einem Ölbaum.

Von Tag zu Tag sieht man jetzt mehr vom Land, und heute ist es so frei, heute werden wir hinausgehen und sehen, wo wir hingehen wollen. Ein Dankopfer haben sie verbrannt, dass es uns noch gibt, uns und die ganzen Tiere und die Welt. Und als das Feuer brennt und wir zum Himmel sehen, sehen wir einen Bogen aus Licht in den Wolken, in allen Farben, und wir wissen: Dieser Bogen ist das Zeichen, das Zeichen, dass dies die letzte Flut war, die alles vernichtet hat. Jetzt will Gott uns Zeit geben, in der alles wachsen kann und werden. Jetzt haben wir ein Leben in dieser Welt.

Wie können wir Gott schauen?

(frei nach 1. Mose 11, 1-9)

Eine große Versammlung hatte es gegeben, viele Gespräche und viel Gerede.

Ich hatte mich hinten in die letzte Ecke gedrückt und zugehört. Mir hatte der Kopf geschwirrt von all den großen Worten der Männer. Vielleicht war ich ja auch zu klein, um alles zu verstehen. Die Worte schon, das war nicht schwer oder nein, heute, wo ich groß bin muss ich sagen: Das war nicht schwer. Damals bei dieser Versammlung redeten wir alle mit denselben Worten und jeder konnte jeden anderen verstehen.

Und so planten und redeten sie und sie wollten sich und uns ein Denkmal setzen, etwas bauen, das die Zeit überdauert bis in Ewigkeit. „So weit in den Himmel soll es reichen, dass wir oben hinaustreten und Gott die Hand geben können", sagte einer.

Sie wurden sich schnell einig und fingen bald an. Die einen brannten Ziegel und die anderen zeichneten einen Plan. Wieder andere schachteten erst aus und bauten dann auf. Wir Jungen liefen von einer Ecke zur anderen, holten Wasser und brachten die Körbe mit dem Essen.

Und immer hinauf auf den Turm, der immer und immer höher wurde.

Das durften wir nicht, aber wann hat dies jemals einen Jungen davon abgehalten und manches Mädchen auch nicht.

Wenn die Großen nicht schauten, waren wir schnell oben in den ersten Tagen, und als der Turm wuchs und sie Wachen aufstellten, weil mal jemand gefallen war im Dunkeln, wurde es schwieriger.

Mein Vater hatte mir erlaubt, ihm Wasser zu bringen, weil ich ja schon so groß und so vernünftig sei, deshalb war ich an jenem Tag oben, als alles aufhörte.

Sie waren sehr hoch gekommen mit dem Turm, dass man meinte, man könnte die Wolken anfassen. Wer von unten hochging, lief Stunden um Stunden und kam müde an. Deshalb gab es Schlafplätze auf halber Höhe. Ich war oben und hörte den Streit. Sie sprachen erst normal miteinander, planten, wer wo was tun solle und welches Material gebraucht werde.

Dann sagte einer: „Dieser Turm wird für die Ewigkeit, der hält länger, als man von Gott reden wird." Und ein anderer sagte: „Und unsere Namen, die wird jeder kennen, auch noch in vielen Generationen." Mein Vater sagte zu mir: „Gehen wir hinunter, das hier ist nichts für dich!", und deshalb haben wir beide nicht gehört, wie es losging.

Ich hörte nur wie der eine, der von der Ewigkeit geredet hatte auf einmal komische Laute machte, als ob es Worte seien und sein Gegenüber andere komische Laute. Sie wurden immer lauter, als ob sie stritten, aber man konnte genau sehen, dass einer den anderen nicht verstand.

Mein Vater dachte, sie seien wahnsinnig geworden und schickte mich weg, aber als ich weiter nach unten kam, wurde es immer verrückter. Überall stritten sich Menschen mit lauter überschlagender Stimme und einer hörte und verstand die Worte des anderen nicht. Ich lief zu meiner Mutter und zum Glück verstand sie noch, was ich sagte, und mein Vater auch, als er nach unten kam. Wir sammelten uns und gingen von Hütte zu Hütte, von Zelt zu Zelt. Fast überall waren nur Geschrei und fremde Laute und wir fanden nur eine Handvoll Leute, die unsere Sprache sprachen.

Heute glaube ich, sie haben einander angeschrien, weil jeder dachte, der andere erlaube sich einen Scherz. Für jeden von uns klang die eigene Sprache unverändert und die fast aller anderen fremd. Aber jeder konnte nur ein paar wenige Menschen finden, die ihn verstanden, die meisten sprachen ein merkwürdiges Kauderwelsch.

An diesem komischen Abend dachte keiner mehr ans Weiterbauen, wie hätte das auch gehen können, wenn wir einer den anderen nichts mehr fragen, ihm nichts mehr sagen konnte…

Wie Abraham den Segen vom Herrn verheißen bekam

(frei nach 1. Mose 12)

Schauen wir uns einmal dort um. In jener Zeit war diese Familie gerade erst vor kurzem aus Ur in Chaldäa gekommen und nach Haran gezogen, ein gutes Stück auf dem Weg nach Kanaan. Auch hier waren sie nicht auf die Art sesshaft, wie wir es gewohnt sind, es waren Nomaden, die mit dem Vieh unterwegs waren – aber sie hatten sich schon soweit eingerichtet, dass sie feste Wanderrouten hatten, an denen sie die Wasserstellen und das fruchtbare Land gut kannten und wussten, was sie erwartete. Das war ja auch wichtig, damit ihr Besitz, das Vieh, nicht zu Schaden kam und sich stattdessen ordentlich mehrte. Sicherlich werden sie nicht immer das ganze Jahr in Zelten gelebt haben – in den Gebieten, wo sie nach ihren Erfahrungen etwas länger bleiben konnten, werden sie einfache Hütten genutzt haben – nicht so bequem wie bei uns, aber immer noch bequemer als eine Reise ins Ungewisse.

Aber hören wir doch einfach mal zu was Sarai, Abrams Frau, zu dem verheißenen Segen zu sagen hat: Man sollte doch meinen, dass in unserem Alter die normale Herumzieherei reicht! Aber manchmal glaube ich - Männer werden nie erwachsen.

Kommt doch mein lieber Abram heute freudestrahlend herein mit der guten Nachricht, ich dürfte all unseren Besitz zusammenpacken, wir würden wegziehen!

Ich konnte es erst gar nicht glauben und fragte nur, wieso wir denn die Weidegründe schon verlassen, wo das Vieh doch noch gut zu fressen hat und die Wasserlöcher auch noch voll sind! Abram weiß ja, dass ich besonders gern hier bin, das ist schließlich das einzige Gebiet, in dem ich alles vorfinde, was ich brauche. Die Weidegründe hier sind so gut, dass einige aus unserer Gruppe mit kleinen Herden das ganze Jahr hier sind und wir anderen viele Monate. Wir haben hier sogar ein kleines Haus und einiges an Luxus, was wir reisende Viehtreiber nie mitschleppen würden – aber hier kann ja alles das ganze Jahr bleiben!

Und jetzt redet Abram von wegziehen – Männer werden doch nie erwachsen, das eine Mal von Ur hat mir gereicht, aber da war ich noch jung und habe noch gehofft, dass ich in unserer neuen Heimat noch Kinder großziehen würde. Aber, aus der Traum!

Nun, hier haben wir es uns ja schön eingerichtet, die Freunde, die ganze Familie, wir treffen uns regelmäßig, jeder kennt ja so in etwa die Route, die die anderen ihr Vieh treiben – und für uns Frauen ist die Arbeit mit mehreren doch immer leichter.

Und jetzt sollen wir wieder weggehen, weg aus dem bekannten Gebiet, weg von unseren Freunden und der Familie, allein weiterziehen in die Fremde.

Gott hat mit ihm gesprochen, hat ihm viel Segen verheißen, wenn er wegzieht! Aber mich fragt keiner, ich möchte nicht weg von hier!

Und der Segen? Wie hat Abram das erzählt?

„So will ich dich zu einem großen Volke machen und dich segnen und dir einen großen Namen machen und du sollst ein Segen sein. Ich will segnen, die dich segnen, und verfluchen, die dir fluchen; und durch dich sollen alle Geschlechter auf Erden gesegnet werden."

Zu einem großen Volk – schön wär es ja, aber Kinder haben wir nun einmal kein einziges! Ein großes Volk - da hätte ich sicher in jüngeren Jahren schon Kinder bekommen.

Aber, was wäre, wenn es doch stimmt? Ein Sohn für uns, aus dem ein großes Volk wird, Segen für Abram und mich und durch Abram auch Segen für alle, die ihm Gutes wollen! Wenn das so kommt, das wäre schön! Vielleicht sollte ich mich doch an die Arbeit machen, die Sachen packen und das Ganze wagen! Wir verlieren zwar einiges hier, wenn wir auf Gott hören, aber was haben wir nicht alles zu gewinnen......

Still, ich höre Abram kommen, ich muss mich sputen, dann kommen wir morgen früh schon los... .

Sollte man nicht lachen?

(frei nach 1. Mose 18)

Das Lachen werde ich mein Leben lang im Ohr haben, wie es an jenem Abend durch das Lager klang.

Fremde waren gekommen und so alt unser Herr Abraham auch ist, er hat sich nicht nehmen lassen, ihnen selbst aufzuwarten. Speise und Trank und weiche Teppiche, alles, was die Rast nach langer Wanderung angenehm macht, ließ er bereiten und heißen Kräutertee schenkte er ihnen selbst ein.

Sie dankten es mit wohlgesetzten Worten, die fremden Wanderer, und waren auch nicht verwundert, dass dieser alte Mann von vielleicht 100 Jahren ihnen aufwartete und kein Sohn oder Enkel an seiner Seite war. Nein, sie dankten und versprachen dem alten Mann, der ihnen die Tasse reichte, übers Jahr solle ein Sohn in seinem Zelte leben.

Da hörte ich ein leises Lachen vor dem Zelt und sah Sara dort stehen mit einem Blech Kuchen in der Hand.

Sie hatte die Worte wohl gehört und so alt wie sie und ihr Mann geworden waren, konnte sie die Worte der Männer nur für einen bittern Scherz nehmen. Sie schämte sich aber des Lachens und als Abraham sie danach fragte, drehte sie sich weg und tat als habe sie nichts gehört und nichts getan.

Heute aber, wo ich ihr in den Wehen helfe, da hat sie mir gesagt, der Sohn solle nach diesem Lachen heißen, Isaak, man lacht, solle sein Name sein.

Vorwärts ohne zurück zu sehen

(frei nach 1. Mose 19)

Alt bin ich und müde. Mein Leben war lang und viel ist darin geschehen. Vieles habe ich vergessen, aber jene Tage haben sich in mein Gedächtnis gebrannt wie flammendes Feuer, wie gemeißelt in Stein.

Wir lebten in der Stadt damals, in jenem dreckigen und verwahrlosten Stück Stadt, jener Stadt, die eine Brutstätte des Bösen genannt wurde. Aber meine Schwester und ich, wir waren wohl recht unschuldig bis zu jenem Tag, kurz bevor unsere Mutter starb. Wir sind auch sehr behütet aufgewachsen. Vater und Mutter hielten uns kurz, kein Herumlaufen auf den Straßen, das Haus ist groß genug, und eine große Fahrt war es, wenn wir einmal den Vater und die Knechte hinaus zu den Herden begleiten durften.

Verlobt waren wir oder vielmehr versprochen, aber da ja nichts draus geworden ist, sehe ich meinen Versprochenen nicht mehr klar vor mir, nicht so klar, wie die Männer zum Beispiel, die uns an jenem Abend besuchten.

Es klopfte spät zu einer Zeit, zu der mein Vater nie einen Menschen hinein gelassen hätte, aber die Männer waren ja auch keine Menschen, meine ich.

Sie waren groß gewachsen und so schön von Angesicht, wie ich noch keinen Mann gesehen habe, vorher nicht und nachher auch nie wieder. Sie gingen, als gehöre ihnen die Welt und als könne ihnen nichts auf dieser Welt schaden, gingen mit einer Würde und einer Kraft, die man nicht beschreiben kann.

Meine Schwester und ich hatten uns oben in der Nähe des Einganges ans Fenster gesetzt. Wir machten irgendwelche Handarbeiten oder besser: wir taten so, redeten aber eigentlich mehr über das Kommen und Gehen, das wir durch das kleine Fenster erspähen konnten.

Mein Vater kam mit jenen Männern und der Knecht ließ die Männer herein, ohne Fragen, nur schnell, ganz schnell das Tor wieder zu, denn hinter ihnen hatte sich ein Aufruhr gebildet. Böse Menschen, gefährliche Menschen, sie schrien und krakelten laut, und einer warf etwas vor die Wand, dass wir vom Fenster zurück schreckten. Wir hatten nicht gesehen, dass Vater vorher das Haus verlassen hatte, so spät geht er sonst nie aus. Von unten hörten wir das Gemurmel der Stimmen und wie das Essen gebracht wurde. Unser Vater war mit den Männern wie ein Diener bei Fürsten.

Da wurde der Lärm auf der Straße lauter und der Knecht sagte dem Vater: „Gleich ist das Tor dahin, dann ist hier alles aus."

Vater ging zur Tür, öffnete die kleine vergitterte Klappe, um zu den Menschen zu sprechen, und das Geschrei war im ganzen Haus zu hören.

„Gebt sie heraus", rief es, „gebt sie heraus, wir wollen uns mit ihnen vergnügen", schrie es. Meine Schwester und ich bekamen Angst vor der Gewalt des Gebrülls. Aber nicht so viel Angst wie gleich danach bei den Worten, die Vater zur Antwort gab.

„Sie sind meine Gäste", rief er, „und das Gastrecht ist heilig, ehe ich euch solches tun lasse, gebe ich euch meine Töchter heraus." Wir sahen uns an erstarrt vor Schreck und fassten uns an den Händen, um uns eine an der anderen fest zu halten.

Sie schrien wieder von draußen, hart und laut und brutal und wollten auch das nicht, sondern drohten die Türe aufzubrechen und hinein zu drängen.

Da stand einer der Männer bei meinem Vater, zog ihn zurück. Was er noch machte, weiß ich nicht, aber in dem Moment hörte das Schlagen und Schreien vor der Tür auf. Meine Schwester stand näher am Fenster und schaute hinaus. Sie schrie auf und als ich zum Fenster sah, sah ich selbst, wie alle dort draußen wie Blinde herum stolperten. Keiner fand unsere Tür mehr und der Aufruhr legte sich.

Wir schliefen wenig in jener Nacht, denn die Männer erzählten Merkwürdiges. Unsere Stadt, das prächtige und verdorbene Sodom, sei von Gott verflucht und werde den morgigen Tag nicht überleben, sagten sie. Sie sprachen darüber so einfach und geradeheraus wie unser Knecht mit Vater bespricht, welches Lamm zum Essen zu schlachten sei. Unser Verwandter Abraham wisse davon und habe mit Gott gestritten, erzählten sie weiter, aber es habe keine zehn Gerechten in dieser Stadt gegeben, dass sie verschont bliebe.

Wir sollten am frühen Morgen das Haus verlassen und die Stadt nur mit dem, was wir tragen können. Und so machten wir uns daran, die Bündel vorzubereiten. Vater schickte einen Knecht zu unseren Verlobten, aber der kam unverrichteter Dinge zurück, sie hätten nur gelacht. Meine Schwester und ich waren traurig, aber wir dachten nicht daran zu bleiben. Mutter aber war nicht glücklich, so eilig ihr Haus zu verlassen, und auch Vater war es schwer ums Herz.

Beim ersten Licht des Morgens waren wir noch nicht recht fertig geworden, aber jene Männer nahmen uns vier einfach bei den Händen und zogen uns hinaus vor die Stadt.

Wir eilten und stolperten, der Weg zum nächsten Gebirge war viel zu weit. Dazu dann noch der Befehl, nur vorwärts, schaut nicht zurück! So brachten sie uns stattdessen in eine kleine Stadt ein kleines Wegstück vor Sodom.

Als wir diese gerade erreichten, wurde es heiß wie Feuer hinter uns. Wir bargen unsere Köpfe in Tüchern und stolperten eilig die letzten Schritte, Mutter aber seufzte laut auf. „Was wohl aus unserer Heimat wird", sagte sie und dann rief sie plötzlich

„Feuer", und dann war es still und sie sprach nicht mehr.

Später, als wir sicher in einem Haus saßen, nur Vater und wir zwei und verwundert nach ihr fragten, sagten jene Männer, das Feuer, das Gott vom Himmel habe regnen lassen, hätte kein Mensch mit seinen Augen sehen können. Sie sei gestorben, gerade als es vor ihren Augen herabfiel.

So ist das letzte, was ich von meiner Mutter weiß, das Wort Feuer und dass sie geschaut hat, wo Gott dies nicht wollte.

Das Teuerste weggeben

(frei nach 1. Mose 22)

Meine Herde ist kleiner als die von diesem Abraham und selten sind wir uns in der Weite der Weiden begegnet. Ich habe Ziegen und er hat mehr Schafe und so weiden unsere Tiere nicht an denselben Stellen. Alt ist er, älter als mein Vater, aber sein Sohn ist in dem Alter meines Erstgeborenen. Aber er hat nur den einen, nicht noch zwei weitere Kinder wie ich.

So habe ich mir auch zuerst nichts dabei gedacht, als ich die beiden zusammen an mir vorbei spazieren sah. Holz für das Opfer trug der Junge und das Beil der Vater. Ich dachte, sie hätten einen Widder durch den Knecht bringen lassen und wunderte mich nur, dass der Knabe sich mit dem Holz abmühte statt auch die Arbeit dem Knecht zu überlassen.

Ein Weilchen später sah ich sie wieder und staunte nicht schlecht. Sie hatten einen Opferaltar gebaut, das Holz war aufgeschichtet und ich sah gerade, wie der alte Mann seinen Sohn niederknien hieß.

Ist er wahnsinnig geworden, durchschoss mich die Frage, und ich wollte eilends losrennen, um die schändliche Tat zu verhindern. Aber mir war als rannte ich gegen eine unsichtbare Wand, gegen die ich nicht ankam, und so konnte ich nur sprachlos schauen, wie er die Hand mit dem Messer über seinen Sohn hob. Ich sah den großen Schmerz in seinen Augen und ich sah die Hand, die trotzdem nicht zitterte, bis sie nur einen Fingerbreit über der Haut des Jungen das Messer zum Halten brachte.

Der Junge schaute fragend zu seinem Vater, dem auf einmal die Tränen in die Augen schossen. Haben die beiden etwas gesagt? Kam eine Stimme aus dem Himmel?

Ich weiß es nicht. So wie die unsichtbare Wand meine Beine am Laufen gehindert hatten, so konnte ich nur schauen, aber nicht hören, was hinter dieser unsichtbaren Wand geschah.

Jetzt zitterten seine Hände, als er den Jungen losband, und diesem die Knie, als er vom Opfertisch herunter kletterte. Hatte Gott mit Abraham gesprochen, war dieser ihm in die Hand gefallen, bevor er die Schandtat tun konnte?

Da neben dem Tisch erzitterte ein Strauch, und sie brachten einen Widder aus dem Gestrüpp, der den Platz des Jungen nur widerwillig einnahm.

In diesem Augenblick war die Trennwand wie verschwunden und ich hörte wie Abraham zu seinem Sohn sagte: „Gott hat von mir das Schwerste verlangt, was er von einem Vater verlangen kann, aber jetzt ist alles gut und wir können ihm mit diesem Widder danken, dass er uns segnet."

Ich ging nicht zu den Beiden, um mit ihnen zu sprechen, ich ging auch nicht zu meinen Ziegen. Nein, die sollten sich die nächsten Stunden allein genügen. Ich musste nach Hause, meine Söhne und meine Tochter in die Arme nehmen.

Das war mir das Wichtigste nach dem, was ich mit meinen Augen gesehen hatte.

Betrug um Betrug

(frei nach 1. Mose 27 und 29)

Was habe ich gelacht, als ich davon hörte, zahnloses, altes Weib, das ich geworden bin in all den Jahren, seitdem der Sohn meines Herrn fort gegangen ist und dieser nun selbst zurückbezahlt bekommen hat, was er seinen Bruder hat kosten lassen. Obwohl ich das nur gehört habe, einer der Knechte hat es mir erzählt, aber das andere, das frühere, das habe ich selbst gesehen und gehört und erlebt.

Meine Mutter hat bei der Geburt der Jungen geholfen, später als ich selbst im Dienst war, hat sie es mir erzählt. Wie der zweite den ersten nicht aus dem Mutterleib lassen wollte. Seinen Bruder hat er am Fuß festgehalten, weil er schon damals der erste sein wollte.

Den eifrigen hat seine Mutter mehr geliebt, seinen Bruder aber, den wilden, rothaarigen der Vater. Des war ihm der jüngere Bruder gram, wollte es nicht haben, dass jemand seinen Bruder mehr lieben könne als ihn selbst, diesen Bruder, dem der kurze Augenblick früher am Licht der Welt das Erstgeburtsrecht geschenkt hatte, welches er doch selbst so gerne wollte.

Also hat er es ihm abgegaunert, denn Esau, das war der Name des Erstgeborenen, nahm all das nicht so wichtig. Er war ein Mann der Tat, nicht der Worte und viel unterwegs, auf der Jagd, auf dem Feld. Bücher mochte Esau nicht. Aber so viel sich einer bewegt, so viel Hunger bekommt er auch, und das war ihm sein Verhängnis an jenem Tag.

Ich war in der Küche und schnitt Gemüse für das Abendbrot, als Jakob, der Stubenhocker herein kam und mir einige Vorräte abschmeichelte. Er wolle sich eine Kleinigkeit kochen gegen den Hunger am Nachmittag. So bereitete er sich einen kräftigen Linseneintopf und wie er gerade heraus wollte, kam ein übelgelaunter Esau herein. Kein Wild dabei, schmutzige Hände von der Feldarbeit und so hungrig, wie ein Mann es nach harter Arbeit nur sein kann.

Aber unsere Töpfe waren noch leer, nur Jakob saß dort mit seinem gut riechenden Eintopf, und so sprach Esau seinen Bruder an: „Bruder, ich habe Hunger und bin müde, gib mir doch ein wenig von deinem Essen." Und Jakob, als ob er nur darauf gewartet hatte, schob den Teller näher zu seinem Bruder mit den Worten: „Wenn Du alles magst, gib mir dein Erstgeburtsrecht dafür." „Ja, was soll ich denn damit?" sagen und den Teller nehmen war eines für Esau und mit Begeisterung genoss er die Speise.

Ob seine Eltern das mitbekommen haben, weiß ich nicht, die beiden haben in meiner Gegenwart nie wieder von diesem merkwürdigen Handel gesprochen.

Jahre später, der Vater, Isaak, war alt und müde geworden und sein Augenlicht war vergangen, da geschah der große Betrug und Rebekka, die Mutter der beiden hatte keinen kleinen Anteil daran.

Isaak hatte sich von Esau einen Braten gewünscht, und Esau war mit Pfeil und Bogen losgezogen, das Wild zu fangen. Den Segen hatte der Vater ihm versprochen als Letztes, was er geben könne. Kaum war Esau aus dem Haus, rief mich Rebekka zu sich und gab mir auf eine Ziege zu schlachten und zu braten. Jakob hatte schon auf ihr Geheiß zwei Böcklein geholt, was sonst noch zwischen Mutter und Sohn war, habe ich nicht gehört.

Die Böcklein half ich ihr bereiten und wie das Fleisch fast fertig war und nur noch ruhte vor dem Mahl, holte ich für Jakob die Kleider seines Bruders, die Rebekka ihm anziehen half. Die Felle der Ziegenböcke aber banden wir um seinen Hals und seine Hände, denn Esau hatte viele Haare und eine raue Haut, Jakob aber nicht.

So ging er mit dem Braten und verkleidet als sein Bruder zum Vater hinein, gab ihm das Essen und ward wohl als sein Bruder verkannt. Denn als kurz danach Esau hereinstürmte, lachend wegen des schnellen Jagdglückes, konnte ich nur zu bald seine Enttäuschung hören. Als Esau zu Isaak hereinging, erfuhr er, dass zu dem Erstgeburtsrecht, das er selbst weggegeben hatte, er auch des Segens seines Vaters verlustig wurde, und er schrie voller Ärger auf.

Jakob aber floh mit einigen treuen Knechten vor dem Zorn seines Bruders.

Einer von diesen Knechten kam heute zurück, nach so vielen Jahren. Er sollte Esau ein reiches Geschenk bringen, eine große Herde um Frieden mit ihm schließen. Jetzt zur Nacht lagern die Tiere draußen vor dem Tor, Esaus Knechte sind bei den Tieren, aber Jakobs Knecht kam zum Abendbrot herein und hat uns die Geschichte erzählt, wie Rebekkas Bruder den Jakob betrogen hat.

Was habe ich gelacht, als ich das gehört habe, geschieht ihm Recht, dass er auch einmal in seinem Leben erfahren hat, wie das ist, wenn einem das Essen sauer schmeckt, weil man betrogen wurde und nichts tun kann dagegen.

Als Jakob zu Rebekkas Bruder kam und am Brunnen sein Vieh tränken wollte, hat er sie gesehen, jung und hübsch und mit dem ganzen Vieh des Vaters, und bevor er recht angekommen war, hat er bei seinem Onkel schon um Rahels Hand angehalten. So wie er gekommen war, ohne Besitz und mit der Bitte um Unterkunft, hätte Laban ihn leicht abweisen können, nahm aber den Heiratsantrag an gegen sieben Jahre Dienst.

Rahels Lächeln muss es ihm angetan haben, sagte sein Knecht, denn er diente leichten Herzens die sieben Jahre. Als diese aber vorbei waren und die Hochzeit ausgerichtet wurde, kam die Braut ganz verschleiert hinzu und erst als alles versprochen und besiegelt war, hob sie vor ihrem Mann den Schleier. Was hat Jakob sich entsetzt, denn es war nicht seine geliebte Rahel, sondern ihre ältere Schwester Lea, die ihn anlächelte.

Laban redete sich genauso gekonnt heraus, wie Jakob das immer getan hatte, es sei nicht Sitte die jüngere Schwester vor der älteren zu verheiraten. Aber er könne ihm ja beide geben, wenn Jakob noch weitere sieben Jahre dienen werde….

So verliebt wie Jakob war, nahm er das Angebot an, feierte eine Woche mit der älteren Schwester, erhielt dann die jüngere und stand weitere sieben Jahre um sie im Dienst.

Was hat mich das gefreut, dass Jakob nicht allein klüger als alle anderen war. So hat der schlaue Jakob selbst noch seinen Meister gefunden und gespürt wie solch eine Niederlage schmeckt.

Träumer

(frei nach 1. Mose 40)

Wichtig war ich am Hofe, wichtig und nah beim Pharao. Ehe ich denn tief fiel, wenn auch nicht so tief wie mein Mitverschwörer. Heute kann ich mich nur fragen, wie dumm kann man sein?

Mundschenk und Oberbäcker waren wir, ehe wir uns verschworen und dumm genug, dass wir schnell eingesperrt wurden dort, wo auch der neue Verwalter saß. Ein wenig trübsinnig war uns schon zu Mute, wir wussten doch nicht, was noch kommen könnte, und als die Träume anfingen, haben wir auch mehr mit dem Fremden geredet.

Dem hatte das Leben ja ganz böse mitgespielt: Lieblingssohn mit prophetischen Träumen, den die Brüder in die Fremde verkaufen. Dann ein gütiger Herr, und dessen Frau wollten die Finger nicht von ihm lassen.
Natürlich glaubte sein Herr eher der Ehefrau als dem Sklaven, und schon war er hier im Gefängnis gelandet. Bei dem Wort von den prophetischen Träumen haben wir beide aufgehorcht und gefragt, ob er nur selbst träume oder auch Träume erklären könne. Dann haben wir unsere erzählt. Wie ich den Weinstock gefunden hatte, aus den drei Ranken

Trauben erntete und sie in des Pharaos Becher presste.

Drei Tage sagte er mir dann, drei Tage, dann würde der Pharao mich wieder in mein Amt holen und ich sei frei.

Dann erzählte der Bäcker vom Brot, das er im Traum gebacken hatte und wie die Vögel es aus den Körben gegessen hatten. Und der Fremde sagte ihm auf den Kopf zu, Pharao werde ihn aufhängen.

Genauso geschah es am dritten Tag, als der Pharao uns zu seinem Geburtstag rief, mich zu Arbeit und Leben und den Bäcker zum Tod. Gut war es wieder zurück zu sein und die Zeit im Gefängnis verdrängte ich gern aus meinen Gedanken. Bis jeden Morgen der Pharao immer wieder wortkarg wurde und viele Männer rufen ließ. Eines Tages bekam ich es mit, ihn drückte ein immer gleicher Traum, den ihm keiner erklären konnte.

Da dachte ich an den Fremden und erzählte Pharao von diesem Mann. Er ließ ihn kommen und Joseph, so hieß der Fremde, blieb lange beim Pharao. Dann wurde es hektisch. Joseph kam nicht nur frei, er wurde oberster Verwalter des Reiches, bekam Siegelgewalt und fing sofort mit großen Arbeiten an den Getreidelagern an.

Erst nach und nach habe ich selbst die Geschichte gehört. Pharao hatte geträumt von sieben Ähren, die unermesslich trugen, von sieben Kühen, die rund waren und voll Milch und die dennoch gefressen wurden und verschlungen, von sieben dünnen Ähren und sieben mageren Kühen.

Jahre seien das, wie meine Ranken Tage, Jahre, die erst reich, und dann Jahre, die arm an Ernte seien, und nur Speicher und sparen könnten die Not verhindern.

So plante und baute er und die Speicher wurden voll und reich, und auch die Not konnte uns keine Angst mehr machen.

Josephs Bruder

(frei nach 1. Mose 37, 39-45)

Manche Menschen fallen immer auf die Füße, immer, egal was passiert.

Gut, wir waren auch nicht fair zu ihm, aber kann man es uns verdenken? Wobei, um ganz ehrlich zu sein, den Anfang habe ich nur ganz am Rande mitbekommen. Ich war ja immer nur der Kleine, ein kleines Kind noch, als meine elf Brüder schon fast alle große Männer waren.

Insoweit kann ich ihn ja auch verstehen, meinen einzigen richtigen Bruder. Wir hatten alle denselben Vater, alle zwölf, aber vier verschiedene Mütter: die beiden Ehefrauen und die beiden Mägde. Und es war schon komisch: Obwohl er und ich die Söhne von der jüngeren der beiden Ehefrauen waren, galten wir am Anfang weniger als die Söhne ihrer Mägde, unsere Halbbrüder. Vielleicht ja, weil unsere Mutter tot war. Ich habe sie nie kennen gelernt, sie starb, als ich geboren wurde.

Bei mir war das klar, ich war noch ein Kind und tobte durch die Felder, aber Joseph war schon fast ein Mann. Aber was für einer! Wo unsere Brüder gern einmal feierten und auch das eine oder andere Glas zu viel tranken, wo sie einen Wettstreit hatten, wer der Stärkste war, redete er merkwürdige Dinge:

von Träumen und dass er größer und wichtiger als wir anderen sei und alles. Dass er mich damit ärgerte, das war klar, aber auch die anderen zehn machten einen großen Bogen um ihn. Vater schenkte ihm dann auch noch besonders schöne Kleider und er lief herum wie ein feiner Herr.

Bis er irgendwann mit dem Traum von den Sternen kam. Das war einfach zu viel – wir seien die kleinen Sterne in seinem Traum gewesen, die sich vor ihm – Sonne, Mond und Sterne – zu verneigen hätten. Er erzählte das ein paar Mal und wir waren alle elf stinksauer. An dem Tag, als er verschwand und alle dachten, er sei gestorben, war ich zu Hause und alle anderen waren draußen bei den Schafen. Gegen Abend kamen sie ganz aufgeregt wieder, Josephs zerrissene, blutige Kleidung und eine wüste Geschichte dabei von Wölfen und Ziegen und keine Ahnung was. Ich wurde gleich rausgeschickt, als sie mit der Geschichte anfingen, ich hörte nur Vater schreien und später weinen.

Lange Zeit später haben sie mich ins Vertrauen gezogen, er sei nicht tot, er hätte nur einmal zu viel den Herrscher gespielt und sie hätten ihm das Gesicht ein wenig „mit den Fäusten verschönert" und ihn dann als Sklaven nach Ägypten verkauft. Ich wäre jetzt groß genug, einer von ihnen zu sein und es zu wissen. Aber wenn ich Vater davon erzählen würde... und dann überließen sie den Rest ganz meiner Phantasie.

Ich habe nichts erzählt, all die Jahre nicht und hatte ihn schon fast vergessen, meinen großen richtigen Bruder. Aber in den letzten Jahren haben uns all unser Reichtum und unsere gemeinsame Kraft auch nicht mehr geholfen.

Es ging uns gut, sehr gut, und die sieben fruchtbaren Jahre hatten uns viele, viele neue Lämmer gebracht und unsere Herde war gewachsen und gewachsen. Aber weil es allen so gut ging, waren die Preise niedrig und wir haben im Familienrat entschieden, das Vieh auf der reichen Weide zu halten und erst zu verkaufen, wenn die Preise ein wenig besser geworden waren. Aber dann kam die Trockenheit und hielt sich und hielt. Wir haben fast alles verkauft für fast kein Geld und viel geschlachtet. Aber Fleisch allein reicht nicht zum Leben, Wasser und Brot brauchten wir auch.

Dieses Jahr wurde es so wenig, dass wir den Weg gehen mussten, den unsere Nachbarn schon gegangen waren: ins reiche Ägypten, wo sie noch alles haben, Wasser und Getreide und so viel, dass sie auch abgeben können.

Ich bin allein bei Vater geblieben, bei dieser ersten Reise und als sie wiederkamen, waren sie nicht mehr zehn, nur noch 9 Männer. Wieder weinte Vater an diesem Abend, weil Simeon nicht zurückgekommen war. Und nachher in unserem Zelt sagte Ruben, das ist die Strafe, die Strafe, dass wir Joseph zugrunde gerichtet haben. Dieser Verwalter dort in Ägypten, er will Simeon nur frei geben, wenn Du

Benjamin das nächste Mal mitkommst. Aber Vater hat Angst, dich auch noch zu verlieren.

Und dann erzählten sie noch von dem Geld, das sie auf der Rückreise zwischen dem Getreide gefunden hätten und von der Haft und dass man sie für Spione hielt. Sie hatten dem Verwalter erzählt, dass Vater zwölf Söhne hatte, einer nicht mehr sei und ich, der kleinste zu Hause geblieben war. Da hatte der Verwalter mich als Beweis dafür verlangt, dass die Brüder keine Spione wären, die das reiche Ägypten nur ausspionieren wollten.

Ich habe den Kopf geschüttelt und wir haben alle nur gehofft, dass die Not ein Ende hat vor dem Ende des Getreides. Aber das war nicht so und so kam der Tag, als Vater nachgeben musste und ich mit ihnen ziehen sollte. Vater packte das doppelte Geld ein, auch das, was beim letzten Mal in den Säcken gefunden wurde und Geschenke und wir zogen los.

Erst sah alles gut aus, meine Brüder gaben dem Verwalter die Geschenke, stellten mich vor und wurden zum Essen geladen. Wir aßen gut, so gut wie lange nicht mehr, und wir saßen komisch, wie nach dem Alter sortiert, obwohl keiner von uns sich erinnern konnte, dazu gefragt worden zu sein.

Dann, als wir mit unseren Einkäufen wieder losziehen wollten, gab es hinter uns ein großes Geschrei und einer rief „Diebe" und „Silber" und sie nahmen unsere Säcke und schauten hinein und in meinem war ein Silberkrug, den ich niemals gesehen, geschweige denn genommen hatte.

Alles schrie und weinte und jammerte zu gleicher Zeit und erst wollten sie uns alle zu Sklaven machen, dann nur mich, dann gab es ein Hin und Her, die Brüder schrien, lieber sie als ich, sonst stürbe der Vater und der Verwalter wurde ganz bleich und brach in Tränen aus und auf einmal brauchte er keinen Übersetzer mehr und war auch nicht mehr fremd und unnahbar.

Es war unser Bruder, Joseph, und er war in Ägypten kein Sklave mehr. Er war jetzt der Zweite hier im Land nach dem Pharao und reich und mächtig – wie er es geträumt hatte vor vielen, vielen Jahren.

Aber mir und Vater hätte er doch keine Angst machen müssen, wir hatten doch nichts getan, wo er es doch geschafft hatte und Gott ihn hierhin geschickt hatte, damit seine Träume Ägypten retteten und uns alle mit.

Lebe, kleiner Bruder

(frei nach 1. Mose 2,1+2)

Schon wieder Weinen, ich glaube ich werde das nie vergessen. Das Herz zerreißende Weinen der Frauen, das Jammern der kleinen Mädchen und das erstickte Weinen, wenn den Männern die Augen übergehen.

Ich hasse sie, diese arroganten Herrscher, hasse, hasse, hasse sie. Jeden Mann, jede Frau, jedes Kind und doch wünsche ich gerade ihr, die ich vielleicht am meisten hassen sollte, Gesundheit und ein langes Leben.

„Keine Jungen!" heißt das Gesetz, „keine Söhne", und wo sie eine Schwangere sehen, bestellen sie sie am liebsten in „sichere Häuser" bis zur Geburt, damit „es leichter ist". Damit sie es sich sparen können, nachts in die Hütten ihrer Sklaven zu gehen, die Kinder aus ihrer Wiege zu reißen. Wenn sie es halbwegs gut meinen, schlagen sie die Tücher sanft zurück, damit die Mädchen ruhig weiter träumen sollen. Die meisten aber greifen hart zu, hören nicht auf das Geschrei und legen die Mädchen lieblos zurück. Der eine oder andere mag sogar nicht nachgesehen haben und ein Kind ungeprüft zum Sohn erklärt haben. Die Jungen, die sie finden genau wie die Jungen aus dem Bauch der Schwangeren bei ihnen, sie sollen nicht leben. Keine Söhne für das Volk Israel. Ach, so viele von uns hätten lieber keine Kinder geboren als dieses Leid, diesen Schmerz.

Und dann wird Mutter schwanger. Wie gut, dass sie groß ist, man hat es spät gesehen und die Kleider trug sie schon immer lose. Ich bin groß genug, um ihr beizustehen, und wir sind hinausgegangen an den Flussarm zwischen die Binsen, als ihre Zeit gekommen ist. Mein kleiner Bruder, so klein und so vollkommen, und Mutter hat so geweint. Sie sollen ihn nicht haben und er muss lernen, still zu sein und nicht zu weinen, wenn Schritte kommen.

Die ersten Tage ist es leicht, ich bleibe dort, und Mutter kommt ihn zu nähren. Aber er wird größer und lacht vor sich hin. Wenn er erst krabbeln und dann gehen wird, kann ich ihn nicht mehr verbergen.

Sie gehen überall hin, in jede Ecke, wenn sie suchen, und es ist nur Glück bisher. Mutter gab mir eine Flasche und ein Tuch, das soll er bekommen, um still zu sein und zu schlafen, Alkohol durch ein Tuch, aber ich habe Angst, es könnte ihn genauso töten wie die Ägypter.

Dann die ersten Zeichen für die Frühjahrsflut, meine Unterkunft wird bald unter Wasser sein, die Verstecke verschwinden im Steigen des Nils und die Wachen kommen fast jede Nacht.

Dann erzählt die Tochter der Nachbarn von der Badestelle der reichen Ägypterinnen und Mutter und ich, wir schmieden einen waghalsigen Plan.

Schilf und Weiden und ein wenig Pech, halb ein Korb und halb ein kleines Boot. Hundertmal und mehr ins Wasser damit und sehen, dass es auch wirklich, wirklich trocken bleibt.

Und nun, hinein mit dir, kleiner Bruder, lächle ruhig und dicht den Korb in die Wellen geschoben, aber nicht zu sehr. Der Korb schaukelt und schwimmt, er tanzt auf den Wellen und ich stehe im Schilf und merke kaum, dass ich fast vergesse zu atmen. Da sind die lachenden reichen Frauen, prächtig anzuschauen und dort, die erste sieht den Korb, sie schauen und scharen sich darum.

Dann, die reichste, die Tochter des Pharao teilt die Gruppe, wie meine Hand das Schilf teilt, greift in den Korb und nimmt ihn heraus. Halb ist es ihr Spiel, als sei der Kleine ihre neue Puppe, halb scheint sie selbst Mutter und Schwester zu werden. Jetzt ist die Angst am größten, wenn sie ihn nicht mag, wenn sie ihn wegwirft, wer soll es ihr verargen. Sie kennt es doch nicht anders, alle sind doch wertlos für sie und ihren Vater, wenn es ihr gefällt.

Doch sie verliert die Geduld nicht und als die Gruppe vom Baden weggeht, trägt sie ihn im Arm. Doch dann höre ich ein Greinen und mich packt wieder atemlose Angst. Was wird sie tun, wenn er lästig ist?

Sie schaut ratlos und die anderen zeigen hierhin und dorthin. Da fasse ich mir ein Herz. Meine Kleider sind geschürzt wie zum Schilfschneiden und ein Bündel davon habe ich schnell zur Hand. So kann ich ihnen entgegen treten, so bin ich nur irgendeine Israelitin, die Schilf schneidet.

Sie sprechen mich an, keine interessiert es, dass ich selbst noch ein Kind bin, ich muss eine Antwort haben und so stottere ich schnell eine Geschichte zusammen. Von der Frau mit der Totgeburt, die Milch hat und Amme sein kann, und ich hole die Mutter, und wir spielen ihnen ein Schauspiel vor, ein Schauspiel um das Leben meines Bruders.

Mutter sieht traurig genug aus und abgekämpft, dass man die Geschichte glaubt und nicht fragt und nicht forscht. Dann geht meine Mutter und trägt das Kind, das sie nähren soll für des Pharaos Tochter.

Ich aber wünsche ihr trotz allem ein gutes Leben und denke dann: Lebe, kleiner Bruder, lebe!

Es soll ein Tag werden, an dem wir ankommen

(frei nach 2. Mose 7ff)

Müde sind die Füße und müde die Knochen. Am Anfang des Weges schritt ich groß aus und schaute voll Staunen auf jedes neue Wunder, aber über den Weg bin ich alt geworden und meine Augen können kaum noch über den Hügel sehen, was dort ist: Wüste wie immer oder doch endlich Grün?

Als wir losgingen, war ich ein junges Ding, das hinter den Eltern mehr her tanzte als ging, den Kopf drehte zu den jungen Männern und ehrfürchtig schaute, wenn dieser Moses zum Volk sprach.

Ich war jung, als wir losgingen, aber nicht so jung, dass ich die Leiden der letzten Jahre nicht gesehen hätte.

Vater schimpfte viel auf diesen Mann, halb Ägypter, halb Israelit nannte er ihn im Zorn. Er war in jenen Jahren geboren, als wir keine Söhne haben durften und war bei Pharaos Tochter groß geworden. Als er ein halbwüchsiger Knabe war, fiel dem Pharao wohl auf, wie lächerlich es war, wenn er alle anderen Jungen tötete, diesen aber wie einen Enkel aufzog. Das Verbot wurde aufgehoben und als dieser Moses zum Mann geworden war, wurde er nicht richtig ein Aufseher, aber wohl ein besonderer Arbeiter, der fast wie ein Aufseher war. Mein Vater erzählte mir, dass er dann aber einen Ägypter erschlagen habe und geflohen sei.

Aber als er wiederkam, Jahre später nach dem Tod des alten Pharao, wurde es erst richtig schwer. Er kam wieder: verheiratet und bewaffnet mit einem Wunderstab und voller Worte, die Gott ihm gesagt hatte. So aber ging er zum neuen Pharao und forderte, unsere ganzes Volk frei zu geben und dazu Gold mit auf den Weg.

Das war der erste Tag, den ich selbst erlebt habe und an den ich mich erinnere, wie Vater heimkam am Abend, blass im Gesicht und grau vom Staub und Lehm und noch viel müder als die anderen Tage, wie er da Mutter die Hand auf die Schulter legte und sagte, sie müsse das kleine Feld für unser Auskommen allein bestellen, denn seine Fron sei jetzt so, dass er nie fertig werden könne. Er sollte Ziegel machen, so viel wie er immer den Tag gemacht habe, aber Schilf und Stroh für die Ziegel, das müsse er sehen, wie er daran komme. Da wussten wir, es wird schwer werden. Die nächsten Wochen sind meine Schwester und ich jeden Tag zum Schilfschneiden gegangen und meine Mutter auf das Feld mit meinem kleinen Bruder im Tuch.

Aber jeden Tag hat es länger gedauert, denn wir waren ja alle im Schilf, auch alle Nachbarn und weil wir Kinder keine Pferde und Wagen hatten, musste jetzt das Schilf reichen, das am selben Tag zu finden war.

Keine Zeit zum Spielen, keine Zeit zum Tändeln, zerstochene Hände und zerschnittene Finger, krummer Rücken und nasse Füße, Fieber und Mücken.

Das war vor der Zeit der Plagen, als Mose die Ägypter schlug, mit Blut im Nil und mit Tieren, erst Frösche, dann Mücken, dann Fliegen im ganzen Land. Aber in unsere Häuser, da flogen sie nicht, da war Ruhe. Mein Vater wurde dann ein wenig friedlicher und wir alle bekamen ein Stück Hoffnung. Aber Pharao blieb hart, auch als das Vieh der Ägypter starb und auch als Blattern, Hagel und Heuschrecken sie massenhaft heimsuchten und als das Licht der Sonne verschwand.

Aber als wir unser erstes Passah aßen und in der Nacht der Tod die ersten Söhne der Ägypter suchte, da zogen wir endlich los mit allem Vieh und allem Besitz hinter Feuer und Wolke hinaus in die Wüste.

Vater hatte immer gesagt, das Ganze sei noch nicht vorbei, und als das Schilfmeer vor uns stand und der Weg ein Ende zu haben schien, war Vater nicht der Einzige, der harte Worte gegen Moses fand.

Vor uns Meer und hinter uns wütende Ägypter, Frauen schrien, Kinder weinten, Schafe blökten und jeder versuchte so gut es ging bei den Seinen zu bleiben. Wir konnten nicht viel sehen und hören in dem Lärm und Chaos und wunderten uns sehr, als wir auf einmal weiterzogen in die Richtung, in der eben noch das Ende des Weges gewesen sein sollte.

Auf einmal wurde der Boden feucht und wie im Meeresgrund und die Luft roch nach Meer und hinter den vielen Menschen, die rechts und links von mir gingen, sah ich eine Wand, wie aus Wasser gemacht. Wir aber gingen, Schritt für Schritt, bis der Letzte auf trockenem Grund stand.

Da hörte ich ein Wiehern wie von laufenden Pferden und sah voll Angst zu meiner kleinen Schwester hinüber und dann zu Vater. Doch der wusste auch keinen Rat und zog uns nur an sich. Aber in dem Moment hörten wir ein Geräusch, als wenn eine große Welle zusammenbricht und Pferde schrien ganz komisch und dann sagte jemand: Sie sind alle ertrunken. Aber keiner wusste etwas und wieder schaute nur einer den anderen fragend an.

Am Abend erzählte ein Nachbar, der weiter hinten gelaufen war, wie das Wasser, das bei unserem Durchgang wie zwei Wände gestanden habe, auf einmal zurück gelaufen sei und wie die Ägypter hilflos in den Wellen untergingen.

Das war schon wie in einer großen Geschichte, die die Mutter vorm Schlafengehen erzählt, aber für uns hieß es jetzt nicht, ins Bett und Schlafen und morgen ist ein normaler Tag.

Nein, das war der Anfang von 40 Jahren gehen in der Wüste. Morgens aufstehen, alles zusammen packen, einer treibt das Vieh, einer trägt dies, der andere das und gehen. Abends einen Lagerplatz suchen und das Vieh versorgen und Essen machen und schlafen und so sechs Tage lang, dann einen ruhen.

Dann war das Essen knapp, Brot und Käse und was wir noch so hatten, und es gab Geschrei und Gejammer. Da aber hat Moses mit Gott gesprochen und es gab Himmelsbrot am Morgen und Vögel am Abend die ganzen vielen Jahre.

Und wir gingen und ich lernte meinen Mann kennen. Und wir gingen und an einem Ruhetag wurden wir getraut. Und wir gingen und bekamen Söhne und Töchter. Und wir gingen und sahen, wie sie groß wurden und ihr Teil an den Pflichten hatten. Und wir gingen und sahen, dass Vater und Mutter müde wurden und alt. Und wie sie starben, bevor unsere Kinder selbst Kinder hatten. Und wir begruben sie am Weg und dann gingen wir wieder. Jetzt bin ich müde und möchte endlich ankommen.

Vertrauen und Angst

(frei nach 2. Mose 19 und 32-34)

Wenn die Kinder heute fragen oder noch schlimmer, wenn sie uns anklagen oder auslachen, dann sage ich immer: Ihr wart ja nicht dabei. Sie schimpfen dann und werfen uns vor, wir seien schuld. Wegen uns müssten sie immer noch durch die Wüste irren und würden den Weg nicht finden.

Aber wenn ich dann sage, lasst mich doch erzählen, wie es war, dann wollen sie es nicht wissen. Also erzähle ich es dem Wind und den Steinen und dem Sand und stelle mir vor, sie hätten Ohren.

Könnt Ihr Euch vielleicht vorstellen, wie das war? Wir sind doch herausgerissen worden aus allem, was wir kannten: heraus aus dem Land und der Arbeit und der Sklaverei, hinein in die Weite und Leere des offenen Landes, und am Sinai haben viele von uns das erste Mal einen Berg gesehen. Aber wir sind mitgegangen, denn er war schon überzeugend. Das heißt eigentlich war sein Bruder überzeugend. Aaron konnte reden, dass Dunkles hell und Helles dunkel wurde. Aber geglaubt haben wir Moses. Der hatte die Zeichen in Ägypten gedeutet. Der hatte Pharao die Stirn geboten. Der hatte das Meer geteilt und er hatte uns in der Wüste Manna beschafft. Und jetzt waren wir mit und wegen ihm am Sinai. Er war allein auf dem Berg. Er sollte, er wollte mit Gott reden. Wir sollten warten, keiner konnte mitgehen, denn er würde mit Gott wie mit einem Menschen sprechen.

Da haben wir noch viel mehr gezittert und ihm vertraut und auf ihn gewartet. So ein Mann, der mit Gott reden kann, der mag uns den Weg weisen. Ein Stückweit gingen dann sein Bruder und die Ältesten mit hinauf, nachdem wir versprochen hatten, die Gebote zu halten.

Als aber Aaron und die Ältesten hinunter kamen, blieb Mose oben und der Berg war umwölkt und wir konnten ihn nicht ansehen. Da murrten die ersten unter uns und sagten: Mose lässt uns allein, er bleibt bei seinem Gott, wo es ihm gut geht und wohin ihm keiner folgen kann. Wir aber, also viele von uns, glaubten das nicht.

Aber als dann Tag um Tag und Woche um Woche vergingen, bekamen wir Angst. Wir wussten nicht genau, wo wir waren. Wir wussten nicht genau, wohin wir weiter gehen konnten, und wir hatten Angst. Wenn Mose uns verlässt und sein Gott, dann brauchen wir einen anderen Wegweiser, sagten immer mehr. Auch Aaron war uns kein Halt, er konnte uns nichts sagen, was uns Trost und Zuversicht gab. Wir waren allein, ganz allein. Dann raunten die ersten. Der Gott von Moses hat uns verraten. Das ist nicht unser Gott, sonst wären die Ältesten mit auf den Berg gegangen. Das ist nicht unser Gott, sonst wäre Moses schon lange zurück. Das ist nicht unser

Gott, wir brauchen eigene Götter. Kluge Männer und Frauen sagten, das Stierkalb wäre ein mächtiger Gott in anderen Ländern. Aber wie kann man einen fremden Gott für sich gewinnen?

Da fingen sie an von dem Abbild zu reden und der Feier für diesen neuen Gott, das Stierkalb. Und sie sammelten unseren Schmuck und schmolzen ihn und machten ein Abbild des Stierkalbs daraus. Ein großes Fest wollten wir feiern, tanzen um das Bild und den fremden Gott anrufen und um seinen Rat und Wegweisung bitten.

Gesagt, getan – aber als wir dort standen in den besten Kleidern und dem Bild opferten, wie wir aßen und tranken und feierten, da kam er hinab. Moses – nach 40 Tagen, stieg er den Berg hinunter, 2 schwere Tafeln aus Stein in den Händen. Kaum sah er uns, hörte die Musik und das Feiern, warf er die Tafeln zu Boden, dass sie zerbrachen. Was er gesagt hat, habe ich vergessen, aber nicht den Blick in seinen Augen und nicht, wie wir alle ganz klein wurden. Dann stammelte er von Schuld und Gottes Vergebung und stieg erneut auf den Berg.

Wir aber blieben in Angst und Zittern, bis er zurückkam. Den Schmuck, der nicht im Kalb geschmolzen war, gaben wir Gott und seine Gebote, die Mose uns erneut brachte, hielten wir seitdem so gut wir es vermochten. Aber unsere Kinder murren gegen uns, denn solange einer von uns lebt, der das Kalb angebetet hat, werden wir das Land nicht sehen.

Wenn Du mich fragst, es bleibt doch Verrat

(frei nach Josua 2ff)

Einmal ehrlos, immer ehrlos, da können sie sagen, was sie wollen. Vor so einer kann eine ehrbare Frau wie ich nur ausspucken. Nicht genug, womit sie ihr Geld verdient hat früher. Nicht genug, dass sie heute den Kopf hochträgt, als wäre sie ehrbar von Kindesbeinen an. Nein, gut sagen soll man von ihr, weil sie sich auf die richtige Seite geschlagen hat. Den Kopf vor ihr neigen und schön tun und das nur, weil sie uns alle verraten hat.

Ohne sie, wer weiß, vielleicht wären die Israeliten wieder abgezogen oder lägen zumindest noch in den Bergen. Ohne sie wären nicht so viele gute Männer tot. Ohne sie wären die Herrscher keine von diesen hergelaufenen Fremden.

Wie, Du weißt nicht, wovon ich spreche? Wo bist Du denn die letzten zehn Jahre gewesen, dass Du nichts davon gehört hast, wie wir unsere stolze Stadt Jericho verloren haben? Aber nun gut, wenn Du es nicht weißt, werde ich es Dir von Anfang an erzählen.

Es war damals, als die Israeliten oben in den Bergen lagerten und immer wieder hinein ins Land zogen, Kundschafter und auch Bewaffnete, die versuchten kleinere Städte zu nehmen. Alle Wachen gingen regelmäßig durch alle Straßen und suchten nach Fremden und hofften sie zu finden, bevor wichtige Informationen in die Hand der Feinde kamen.

Ich wohnte gerade dort, direkt an der Stadtmauer, und ich hatte mich schon gewöhnt an die häufigen Besuche der Stadtwache, die immer, wenn die Tore geschlossen wurden, nachschauten, um Spione zu finden. Neben mir aber, nur zwei Häuser weiter, wohnte diese käufliche Frau, Rahab, die den Männern ihre Gunst verkaufte. Tag und Nacht gingen dort dunkle Gestalten ein und aus und wohl auch so mancher „ehrbare" Mann, den seine Frau dort nicht suchen würde.

An jenem Abend war es warm und ich hatte die Fenster weit offen, damit ein Luftzug hinein käme. Bei der Hure aber war alles dunkel und ich dachte mir, sie muss wohl einen Mann bei sich haben, der nicht gesehen werden will. Beim offenen Fenster konnte ich gut sehen, wie ein Bote des Königs zu ihr gelaufen kam und an das Tor ihres Hauses schlug.

„Der König schickt mich", hörte ich ihn sagen. „Der König weiß, dass du zwei Fremde in deinem Hause hast, Männer vom Stamm der Israeliten, gib sie heraus." Rahab aber antwortete: „Da waren zwei Männer, aber die sind schon vor Stunden gegangen. Ich kannte sie nicht und habe nicht gefragt nach dem Woher und Wohin und kurz bevor das Stadttor schließt, gingen sie fort. Wenn ihr euch eilt, werdet ihr sie noch finden, sie sind zu jenem Tor hinaus." Der Bote glaubte es nicht recht und wollte vorher das Haus durchsuchen, sie aber rief ihn zur Eile, die Männer vor dem Tor abzufangen. Ein Mann der Wache stand ganz in der Nähe, und der Bote ging herüber und forderte diesen auf, weitere Männer zu holen. So könnten einige hinaus, den Männern nach und ein oder zwei im Hause nachsehen.

Rahab aber hatte das Tor des Hauses schon wieder zugezogen und das nächste, was ich dort hörte, war ein Rascheln auf dem Dach. Es war lauter, als wenn die Katze Mäuse fängt, aber ich habe mir nichts gedacht dabei. Später sagte man, dort habe sie die Boten versteckt unter dem Stroh, denn unsere Wache fand niemanden, weder im Haus noch vor der Stadt.

Den nächsten Tag dachte ich nicht mehr an dieses Weib und was sich zugetragen hatte. Ich musste mich sputen, denn meine Schwester sollte ihr erstes Kind bekommen, und ich hatte versprochen zu ihr ins Dorf zu kommen und zu helfen. Ich packte also, denn der Weg war mehr einen halben Tag zu gehen und ich kam auch ohne Verzögerungen hin. Es war aber schon alles gut gegangen und so blieb ich nur ein paar Tage, ehe ich wieder nach Hause zurück wollte.

Ich hatte mir nichts groß gedacht und in der Zeit auch nichts gehört und gesehen außer meiner Schwester und ihrer Familie und war sehr erstaunt, als ich den Hügel vor Jericho bestieg und nicht mehr in die Stadt zurückkonnte. Du kennst den kleinen Erdhügel, von dem man Jericho in all seiner Pracht sah?

An dem Tag sah man keine Pracht, nur fremde Soldaten dicht an dicht, und man hörte kein Marktgetümmel und keine Reisenden auf dem Weg nach Jericho.

Vor der Stadt sah ich eine bunte Gruppe Männer, Priester und Soldaten mögen es gewesen sein, so gut ist mein Auge nicht. Aber mein Ohr konnte nicht anders als zuhören. Trompeten und Posaunen laut wie das Jüngste Gericht und immer um die Stadt herum und herum. Die Stadt lag dort, grau und braun in der Ferne, und die Sonne strahlte nicht auf ihr, sondern es sah aus, als ob das Unheil auch die Farbe aus den Mauern gesogen habe. Und immer weiter hörte ich das Tönen der Posaunen rund und rund.

Da nahm ich wieder die Hand über die Augen, um meine Stadt zu sehen, und suchte nach meinem Haus, ob etwas zu erkennen sei, ob schon ein Schaden zu finden war. Da habe ich es gesehen, gleich daneben, an dem Haus dieser Hure, da hingen rote Tücher an den Fenstern.

„Das muss ein Zeichen sein! Das muss eine Botschaft für die Israeliten sein", dachte ich mir. „Mag sein, sie hat ein Tor in der Mauer gefunden und geöffnet oder auch nur, dass sie die Spione versteckt und geschützt hat vor ein paar Tagen, das muss ein Zeichen sein!" Aber bevor ich noch weiter nachdenken konnte, was der Sinn des Zeichens sei, kamen die Trompeten und Posaunen schon wieder heran, und als sie jetzt vor der Stadt eintrafen, ging ein Beben durch die Mauern.

Ich habe nicht gesehen, was da geschah oder wie es passierte, aber die Mauern, die das stolze Jericho umgürtet hatten, fingen an zu bröckeln und zu brechen. Sie stürzten zusammen, und das Heer der Israeliten fiel wie ein Schwarm Heuschrecken über die Stadt. Ich brach zusammen und weinte, weil alles verloren sein musste, und als ich viel, viel später wieder hinsah und den Zug Israeliten mit der Beute zurückeilen sah, da waren alle Häuser, die ich sehen konnte nicht mehr ganz, sie brannten, sie waren zerschlagen, nur das Haus mit den roten Bändern stand heil und ganz dazwischen.

Ich aber nahm die Beine in die Hand und rannte zu meiner Schwester. Ich habe dann neu angefangen und Jahre später ist die Hure wieder in meine Straße gezogen. Hat ein ehrbares Geschäft gehabt und sich gegeben wie eine ehrbare Frau. Ich aber kenne sie und weiß, was sie getan hat. Ist sie und ihre Familie doch die Einzige aus Jericho, die ich wiedergetroffen habe in all der Zeit, und ich hatte nur mein Reisebündel, sie aber alles, was sie vorher besessen hatte.

Jetzt nennen alle sie ehrbar, aber gekauft hat sie ihren ehrbaren Namen mit Verrat, Verrat an ihrem alten König und an ihren Nachbarn, Verrat an ihrer Stadt für den Lohn der Fremden.

Die Fremde

(frei nach dem Buch Rut)

Und wenn die schlechten Zeiten vorbei sind, kommen sie wieder zurück. So habe ich gedacht, als sie wiederkam. Naomi meine ich, die damals weggegangen war mit ihrem Mann und beiden Söhnen und zurückkam mit einer Fremden.

Wir haben alle den Gürtel enger schnallen müssen, damals, als die Not groß war und haben hart gearbeitet für das bloße Überleben, aber die vier sind in die Fremde gegangen, drei Männer und eine Frau, deren Hände uns fehlten. Aber ihre Mägen fehlten uns nicht. Dann ging es uns langsam besser, die Jahre zogen ins Land und dann kamen sie wieder, zwei Frauen zusammen, eine alt und eine jung und keine Männer. Alle drei tot, erzählte Naomi später, der Mann und beide Söhne. Die Söhne hätten zwar geheiratet, wären aber gestorben, bevor es Kinder gab.

Die Fremde, die sie mitgebracht hatte, war die Frau eines Sohns gewesen und wollte Naomi nicht allein den schweren Weg zurück in die Heimat gehen lassen. Was haben wir die Fremde angesehen, als sie kam. Naomi, ja, die tat uns leid. Mann und Söhne in der Fremde verlieren, nach wenig mehr als zehn Jahren wieder kommen, ganz arm, ohne etwas außer der helfenden Hand einer Frau aus der Fremde. Wir haben der helfenden Hand der Fremden nicht getraut, wir wollten sie hier nicht, aber Naomi zu Liebe nahmen wir es murrend hin.

Aber als wir sie dann zur Ernte erlebt haben, da wurden wir doch milder. Fleißig war sie und schritt mit großen Schritten aus. Sie kam früh und ging hinter der Ernte und las, was auf dem Feld geblieben war, wie es Sitte ist. Sie schaute nicht rechts und links und wenn die Anderen Pause machten und redeten, hielt sie doch Schritt mit der Ernte. Das war wohl so, bis sie auf das eine Feld von Boas kam. Der sah sie und sah ihren Fleiß und hatte auch gehört wie sie für Naomi in die Fremde gekommen war. Er befahl seinen Knechten auf sie acht zu geben, dass keiner ihr etwas Böses tue und ließ die Knechte mehr auf den Feldern zurücklassen, dass sie reichlich zu sammeln habe.

Was dann geschah, als sie die Spreu von der Gerste trennten, weiß keiner so genau. Sie war wohl dort, aber keiner weiß, ob sie früh kam oder spät, und manche sagen, sie habe in der Nacht zu den Füßen von Boas geschlafen. Das ist aber wohl nur ein Gerücht, keiner hat es gesehen, keiner gehört. Nur am Morgen auf der Straße sah ich sie mit einem Tuch voll Gerste zu Naomi gehen.

Was ich auch sicher weiß, ist, wie sie am Stadttor das Stück Land, das Naomi von ihrem Mann geblieben war, an Boas gaben und wie Rut seine Frau wurde. Machlon, der Sohn von Naomi und ihrem Mann Elimelech, der verstorbene erste Ehemann von Rut, musste ja nach altem Recht noch einen Sohn bekommen, ein Kind seiner Frau, das gezeugt wurde von ihrem zweiten Mann, gerechnet als Erbe Machlons um seinen Besitz zu halten. Boas aber war der zweite Verwandte von Elimelech, der das Recht und die Pflicht hatte dieses zu tun. Er wollte diese Rut, die er so fleißig auf dem Feld gesehen hatte und die der Familie ihres Mannes so treu war, an seiner Seite sehen und deshalb sprach er den anderen Verwandten an, fragte ihn nach dem Recht und nahm dann freudig seinen Platz ein.

Eine Fremde war sie, als sie kam, die einzige Hilfe für Naomi und eine Fremde scheint sie noch manches Mal, wenn sie Dinge nicht weiß und nicht kennt. Aber sie gehört jetzt zu uns, das hat sie mit ihrer Treue verdient und mit ihrem kleinen Sohn, den Naomi jetzt aufzieht als ihren eigenen Enkel.

Wir dachten, welch ein Großmaul

(frei nach Samuel 17)

Aufruhr war im Feldlager, Unruhe und Angst. Wir liefen hin und her, besorgten, was zu tun war, aber wir hatten auch immer das Schlachtfeld im Auge.

Jener Riese von einem Mann, der bei den Philistern kämpfte, hatte uns herausgefordert, voller Hohn und Spott. Ein Zweikampf sollte den Krieg entscheiden, nur wir hatten keinen Kriegsmann, der genauso groß und stark war wie jener. Selbst Saul und die Seinen sollen Angst gehabt haben, so sagte man im Lager, ich weiß nur, wir anderen hatten ganz sicher welche.

Aber wie immer hatte es sich auch schon herumgesprochen. Viel mehr Jungen kamen für „wichtige Besorgungen" und mancher von uns bekam ein überraschendes Paket mit Käse oder Brot von zu Hause gebracht, einen Jungen als Boten dabei, der alles über Krieg, Kampf und den Riesen von den Philistern wissen wollte.

Genauso ein Junge war das auch, der zu meinem Kriegskameraden kam, zu jung für ein Haar im Gesicht, aber alt genug, um die Herde allein zu lassen und lieber Krieg schauen zu wollen.

Mein Kamerad war ihm deshalb auch gleich böse, so viel hatte seine Familie nicht, dass sie leichtfertig die

Schafe riskieren konnten, doch der tat sein Bestes, um uns mit seinen Fragen weiter zu ärgern.

Wollte wissen, was es für Lohn gäbe, für den, der den Philister erschlug und ließ sich alles genau erklären. Was für ein Großmaul, dachten wir, hat nie selbst gekämpft, weiß nicht, wie das Blut schmeckt, das vor dir vergossen wird, aber schwingt große Reden.

Aber Saul war wohl völlig verzweifelt, ließ doch tatsächlich das kleine Großmaul kommen und wie man hört, sagte er selbst vor Saul, man solle ihn nur gehen und den Riesen erschlagen lassen. Seine Schafe hätte er ja auch immer vor Löwe und Bär geschützt, ein Riese sei da auch nichts Neues für ihn.

Lächerlich, Löwe und Bär verschwinden, wenn man nur genug lärmt, aber der Feind ist noch nie vor Lärm verschwunden. So ein kleiner Junge kurz vor dem ersten Bartflaum, der hat leicht reden, den nimmt ja keiner beim Wort und lässt ihn beweisen, was hinter seinen Worten steht.

Aber da sahen wir den Jungen schon am Rand von Sauls Zelt. Mit Rüstung und Schwert wankte er hinaus und konnte mit dem Gewicht keine drei Schritte tun. Eliab und ich hielten uns die Bäuche vor Lachen. Auch der Junge hatte gemerkt, wie lächerlich er aussah und entledigte sich schleunigst des Gewichtes. „Jetzt wird er wohl endlich nach Hause gehen" meinte Eliab noch, aber ich zeigte schon auf das Flussufer, wo er ein paar Steine für seine Schleuder sammelte.

Dann ging er auch tatsächlich hinaus unter dem Hohnlachen der Philister und dem Gespött ihres Riesen. Der schüttelte seine großen Waffen und lachte über das Kind, das über das Schlachtfeld zu ihm kam. Aber auch jetzt hatte der Junge keine Angst, griff fast beiläufig in seine Tasche, nahm die Steine heraus und legte sie fast elegant auf seine Schleuder. So schnell wie er in die Tasche gegriffen hatte, so bewegte er sein Handgelenk und schneller als unsere Augen folgen konnten, fiel der Riese erschlagen zu Boden.

Da gab es in unserem Heer kein Halten mehr. Wir griffen unsere Waffen und stürmten hinaus, um dem Kampf ein für alle Mal ein Ende zu setzen.

Es war ein siegreicher Tag und das wegen eines Jungen, den wir für ein Großmaul gehalten haben.

Wenn der König ruft

(frei nach 2. Samuel 11)

Schuld und Tod und Schmerz - ich habe sie weinen sehen, als ihr Sohn starb. Und alle Freude über den Sohn, den sie heute in den Armen hält, kann daran nichts ändern. So klein war er und so zart, und wenn er auch das Kind der Sünde war, was konnte der Kleine denn dafür?

Es sind immer die Männer, wie meine Mutter mir schon immer gesagt hat, und ich habe es noch viel leichter, bin ich doch nicht so schön und wohlgestaltet wie meine Herrin. Die Männer, die uns zur Schuld verführen und die Männer, die uns am Ende die Rechnung präsentieren.

Aber vielleicht sollte ich am Anfang beginnen. Aber was ist der Anfang? Ich habe die Kleine mit aufgezogen, auch wenn ich selbst noch ein halbes Kind war, und als ihr Vater sie dann dem Hauptmann zur Frau gab, bin ich mitgegangen in ihr neues Haus.

Hab ihr geholfen, wo sie mich haben wollte, auch in dem Kriegssommer, als ihr Mann im Feld war und sie zu Hause festsaß. Heiß war es und drückend den ganzen Tag und nur im kleinen Garten mitten im Haus fanden wir etwas Kühle.

Es war nicht weit vom Palast, der alles überragte, aber darüber dachten wir nicht nach, als wir in der

Hitze den Badezuber unter die Bäume schoben. Ich holte Wasser aus dem Brunnen und dann seifte ich ihr den Rücken und die Haare, draußen im Garten, wer sollte uns schon sehen über die Mauer...

Aber an den Palast dachten wir beide nicht.

Bis dann der Bote kam und sie zum König rief. Zum König - meine Herrin! Stolz war sie da und machte sich schön und dachte sich nicht viel dabei, wie sie eitel vorm Spiegel stand, und hatte schon lang keinen Mann gesehen, die waren ja alle im Feld.

Sie aber ging, wie sie gerufen wurde und kam abends spät zurück, zerzaust und lachend und nach Wein riechend. Das war nicht gut, gar nicht gut. In den nächsten Wochen hörten wir nichts von ihrem Mann und den anderen im Krieg, aber zu oft vom König.

Ich brachte ihm schließlich die Nachricht, die alles verändern sollte. Die Botschaft, dass meine Herrin ein Kind erwarte und nicht mehr aus noch ein wisse.

Ich war mir sicher, der König würde sie jetzt sich selbst überlassen, seinen Spaß hatte er ja gehabt, und Frauen und Kinder hatte er sicher genug für einen Mann. Aber es kam noch schlimmer und alles nur, weil der Herr so anständig war und seinen Kameraden so treu.

Der König rief ihn zurück, hier nach Jerusalem, und wir schmückten das Haus und die Herrin rieb sich mit duftenden Ölen ein, um ihn zu empfangen. Aber er kam nicht zu ihr, wie der König gedacht hatte. Er ließ ihr einen Boten senden und schrieb ihr eine Nachricht. Seine Kameraden seien im Feld und könnten jeden Tag sterben, es zieme sich nicht, dass er in dieser Zeit bei seiner Frau schlafe. Wenn der König ihn schon in der Stadt und in Sicherheit brauche, werde er nur das tun, was der König ihm geböte, aber auch darauf drängen, schnell zurück zu seinen Männern zu gelangen. Sein Platz sei dort an der Seite der Kämpfenden und nicht auf weichen Kissen am Busen seiner Frau.

Das war das letzte Zeichen von seiner Hand, das wir sahen. Die Herrin wurde ganz bleich, als sie es las und brachte es gleich zum König. Zu mir aber sagte sie: Wenn der Krieg noch lange dauert, wird jeder es sehen und ich bin voll der Schande.

Ich habe meine Herrin ja lieb, aber voll der Schande zu sein, wäre besser gewesen für sie und für das Kind, als das, was den König jetzt umtrieb. Nur Tage später kam die Nachricht vom Feld, der Herr sei gefallen. In vorderster Reihe hätte er einen Ausfall getan und sei im Kampf erschlagen worden. Manch einer wunderte sich, grade zurück im Kampf habe er einen geheimen Auftrag vom König erhalten und in diesem sei er gestorben.

Meine Herrin und ich dachten uns unseren Teil, auch als sie nach wenigen Tagen ins Haus des Königs zog, eine seiner Frauen zu werden, und als ihr Bauch rund wurde und sie das erste Treten des Knaben spürte, weinte sie viel. Es ist nichts Gutes darin, sagte sie, nichts Gutes in meiner Liebe zu meinem Mann, der meinen ersten Mann erschlagen ließ. Dann schlug sie sich selbst auf den Mund und schaute wirr umher, als ob sie sicher gehen wolle, keiner habe es gehört.

Der Prophet aber, Nathan, wusste von allem und ließ ein Fluchwort vorm König sagen. Als Strafe für die Sünde würde der Sohn der Sünde nicht leben. So war es dann auch. Sie litt schwer in den Wehen, meine Herrin, und das Kind war wohlgestaltet aber klein und starb, kurz nachdem es den ersten Atemzug getan hatte.

Was konnte der Kleine denn für die Sünde seiner Eltern? Hat er sich das ausgesucht? Hätte meine Herrin ihrem König „nein" sagen können? Dem tut es wenig weh, wenn ein Neugeborenes nicht lebt, aber sie hat es unter dem Herzen getragen, sie schmerzt es unendlich.

Das ist nun schon eine Zeit her, aber auch heute, wo sie ihren zweiten Sohn geboren hat, auch zwischen den Küssen auf seine zarte Haut, seufzt sie noch über seinen Bruder. Dieser hier wird groß werden, nicht nur an Jahren, dieser hier wird etwas Besonderes sein.

Das hat der König versprochen, als er sie weinen sah, dass er diesen Knaben zu seinem Nachfolger nehmen werde, den kleinen Salomon.

Gerecht oder Dumm?

(frei nach 1. Könige 3)

Ein großer König ist er und ein weiser Mann. Das Land regiert er und seine Stadt. Den Tempel lässt er bauen, wie Gott es befohlen hat. Da sollte man meinen, dies sei mehr als genug für einen einzigen Mann, wie groß und mächtig und weise er sonst auch sei.

Aber nein, unser König kann noch mehr. Er kann auch Richter sein über die Menschen, denn er ist ein wirklich weiser Mann. Wenn etwas geschieht in seinem Reich und niemand weiß, was zu tun ist, dann kann es vor ihn gebracht werden, und er spricht ein weises Wort. So heißt es seit langen Jahren und so erzählt man es sich überall. Heute aber kann ich nicht sagen, ob er weise ist oder dumm, ob sein Urteil Wahrheit spricht und Weisheit.

Woher ich das weiß? Nun, ich habe es gehört, war selbst in dem Saal, als er das Urteil sprach. Neben unserem Haus wohnten die beiden Frauen und als das Geschrei losging, sind wir mitgegangen um zu sehen, was wird.

Beide hatten ein Kind bekommen, heißt es. Die Kinder haben wir nicht gesehen, sie lebten dort allein und haben sich wohl gegenseitig bei der Geburt geholfen, ich weiß es nicht, ich stelle es mir halt so vor. Meine Mutter brachte ihnen ein paar Einkäufe mit, sagte sie, weil beide im Kindbett lagen und nicht aus dem Haus gingen.

Dann hörten wir am Morgen ein großes Geschrei, und alle Nachbarn kamen gelaufen. Die eine hielt ein Kind auf dem Arm und die andere schrie laut durch die Gegend. Die ohne Kind sagte, am Morgen habe ein Kind neben ihr gelegen, das war tot und war nicht das Kind, das sie geboren hatte. Die andere aber mit dem lebenden Kind herzte es und sagte nur immer: „Du träumst, dies ist mein Kind, dein eigenes Kind lag neben dir."

Keiner von uns hatte die Kinder vorher gesehen, keiner von uns konnte sagen, welche Frau welches Kind geboren hatte. Meine Mutter sah kurz das tote Kind an und meinte, die Mutter habe es im Schlaf erdrückt, aber wer die Mutter war, sah sie auch nicht.

Dann rief einer: „Fragt doch unseren König, der kann dies richten, der kann helfen", und wir gingen alle miteinander zum Hof. An der Tür, die zum Gerichtssaal ging, hielten Wachen alle auf. Nur die Frauen und das Kind wollten sie hineinlassen. Wir aber waren klein genug, so dass ein paar von uns Kindern mit hinein huschten.

Der König sah prachtvoll aus, wie er auf seinem hohen Stuhl thronte. Die Frauen standen vor ihm, die eine hielt das Kind an ihrer Brust und beide erzählten mit spitzer, hoher, schriller Stimme, was sich zugetragen hatte.

Der König hörte zu, unterbrach sie auch nicht und war aufmerksam bis zum Schluss. Aber als sie fertig waren, dachte er nicht groß nach, sagte auch gar nichts zu den Frauen, sondern winkte eine Wache zu sich.

„Hol mir ein Schwert", rief er mit mächtig tragender Stimme und alle, die noch eben im großen Saal geredet oder Geräusche gemacht hatten, wurden still. „Ein Schwert!" sagte der Bewaffnete und hielt es dem König hin.

Der König nahm es, stand auf, trat einen Schritt vor und winkte beiden Frauen näher zu treten. Dann sprach er: „Legt das Kind dort auf den Boden, gerade hin. Ich kann aus euren Worten nicht lesen, wer die Mutter ist, aber ich will euch beiden gerecht werden."

Beide Frauen schauten verwirrt und legten das Kind nicht dort auf den kalten Stein. „Was….?" flüsterte eine von beiden - ich sah nicht welche. „Wie - beiden gerecht?" stammelte die andere.

Da hörten wir wieder die laute und starke Stimme des Königs: „Legt das Kind dort hin, und ich werde…" und er hob das Schwert – „es mit diesem Schwert in zwei Teile schlagen, dann hat eine jede ein halbes Kind und das ist gerecht!"

So laut habe ich das Gericht noch nie gehört, so laut und durcheinander. Alles schrie und redete gleichzeitig, laut und aufgeregt.

Die Frau mit dem Kind stand ganz aufrecht, nahm dann das Kind und legte es zu Boden, die andere warf sich in einer Bewegung vor den König und sein Schwert und rief ein lautes ~~und~~ kreischendes „NEIN!", während die andere: „Das ist nur gerecht, sie soll mein Kind nicht haben!" – sagte.

Und aus dem Nein wurde: „Gib es ihr, König, nur lass das Kind leben!"

So einen Wahnsinn habe ich noch nie am Hofe gesehen, so ein Durcheinander und Geschrei, so ein dummes Urteil noch nie gehört. „Der soll weise sein, wenn er das Kind teilen will wie einen Schinken, um den sich zwei Hausfrauen streiten." So schimpfte ich vor mich hin und sah kaum, wie der König das Schwert der Wache zurückgab, das Kind griff und es der vor ihm liegenden Frau reichte. Was er sagte, habe ich nicht gehört, zu laut waren die Stimmen neben und vor mir, nur gesehen, dass die Frau, die mit dem Kind gekommen war, mit Schimpf herausgeworfen wurde und die andere das kleine Bündel hielt wie den größten Schatz.

Dumm, wer einer Frau vertraut

(frei nach Richter 13-16)

Männer, manche so stark wie sie dumm sind! Wenn dann eine Frau ins Spiel kommt, da bleibt nichts an Menschenverstand, da bleibt nichts an Vernunft. Hätte sich doch denken können, dass dieses Miststück ihm nur schöne Augen machte. Dreimal hat sie ihm den Verrat bewiesen und beim vierten Mal hat er sich blenden lassen und es hat ihn am Ende das Augenlicht gekostet.

Wenn Du jetzt noch nicht weißt, von wem ich rede, muss ich Dir die ganze Geschichte erzählen. Du erinnerst Dich doch an den starken Mann, der alle Feinde schlug, manchen mit einer Hand. Diesen Samson, den Richter mit den langen Haaren und dem immer ein wenig versonnenen Blick. Er hat sich verliebt in eine fremde Frau, die keiner hier kannte. Delila war ihr Name und schöne Augen hat sie ihm gemacht und gute Worte ihm gegeben.

Geschmeichelt hat sie ihm und sein Vertrauen erschlichen. Er sollte ihr verraten, welches Geheimnis seine Kraft stärkt und welches Wunder ihn alle Feinde schlagen lässt. Geschmeichelt und gelächelt hat er, aber schlau war er noch beim ersten Mal. So erzählte er von Baststricken, die ihn binden und kaum schlief er, band sie ihn wohl, rief dann, es seien Philister über ihm, aber er zerriss den Bast wie ein Haar. Aber er wurde nicht klug und lernte nicht, wie falsch sie war, sondern hörte ein zweites Mal ihrem Schmeicheln zu. Wieder erfand er eine List und auch die Seile, die keine Arbeit je getan hatten, fielen von ihm, nachdem sie ihn damit gefesselt hatte.

Ein drittes Mal wollte sie ihn narren und ein drittes Mal erzählte er ein Märchen – aber als sie zum letzten Mal sein fehlendes Vertrauen beklagte, verlor er den Verstand und verriet sich ihr.

Da schor sie sein Haar und er wurde so schwach, dass die Philister ihn ohne Verluste gefangen setzen konnten. Wie kann ein Mann nur so dumm sein und seiner Frau immer und immer wieder vertrauen?

Da saß er nun und mahlte Korn für die Philister, und diese trieben ihren Spott mit ihm. Aber Gott ließ ihn nicht vor die Hunde gehen und als sein Haar wieder wuchs, wurde der Spott den Philistern schal und trübe. Denn sie dachten nicht mehr an die Kraft in den Haaren, als sie ihn in den Tempel führten, um ihn wieder zu verlachen.

Er aber zerriss seine Fesseln und obgleich sie ihn beim ersten Mal geblendet hatten und er auch nicht den kleinsten Rest des Augenlichtes mehr hatte, fand er doch eine Säule und eine Wand und riss und zog und brachte den ganzen Tempel zum Einsturz. Er selbst wurde ebenfalls begraben darunter, aber sein Tod hat mehr Philister mitgerissen als sein Leben zuvor.

Ohne ihn wäre mein Mann tot

(frei nach 1. Könige 17)

Meinen Mann kannte ich noch nicht lange, als er mir die merkwürdige Geschichte erzählte, die ihm und seiner Mutter widerfahren war. Es war zu der Zeit, als der Regen ausblieb und die Bäche fast austrockneten, als das Korn nicht trug und alle Hunger litten. Ahab war ein harter König, der nicht Gottes Weg ging, und wir hatten gehört, die Dürre sei die Strafe Gottes für sein hartes Herz und sein gottloses Tun.

Mein Mann aber und seine Mutter lebten einsam ein wenig vor der Stadt Zarpat und sie wussten, dass es zum Sterben ging, denn die Handvoll Mehl und das bisschen Öl konnten sie nicht mehr satt machen. Seine Mutter war hinaus vor die Stadt gegangen, um für die letzte Mahlzeit ein wenig Holz zu finden, als sie dem Propheten über den Weg lief. Abgerissen soll er ausgesehen haben, als habe er Tage um Tage auf bloßer Erde gewohnt. Und die Mutter meines Mannes sagte später, er habe geredet, als wüsste er nichts von der Not.

Sie sagte ihm, dass sie nur noch genug für eine letzte Speise habe, aber er wollte von ihr ein wenig Essen, bevor sie selbst und ihr Sohn das letzte Mal Brot bekämen. Ich habe sie nie gefragt, was sie dachte, als er das sagte, aber sie gab ihm das Erbetene und teilte das Wenige, das noch übrig war. Wie sie aber geteilt hatte und ihn in ihr Haus aufnahm, so erzählte mir mein Mann, waren der Krug mit dem Öl und der mit dem Mehl jeden Tag wieder gefüllt wie vorher. Sie hatten nicht reichlich, aber genug und das war mehr, als alle anderen sagen konnten.

Mein Mann erzählte mir, der Prophet habe Ahab die Sünden vorgehalten und sei geflohen vor dem Zorn des Herrschers. Am Bach habe er sich versteckt, gerade genug Wasser gab es, aber sein Proviant reichte kaum ein paar Tage. Er aber habe auf Gott vertraut und Raben hätten ihm Brot und Fleisch gebracht.

Mein Mann sagte immer, wenn seine Mutter nicht jeden Morgen neues Öl gefunden hätte, er hätte niemals die Geschichte mit den Raben geglaubt.

Aber vielleicht hätte er ja doch ohne den Propheten die schlimme Zeit überleben können, wenn nicht eine Krankheit ihm alles Leben geraubt hätte. Seine Mutter verzweifelte und jammerte und schrie vor Eliah, so hieß der Prophet, da ihr einziges Kind jetzt doch verloren war.

Eliah aber hielt meinen Mann auf dem Schoß und der- als hätte es keine Krankheit gegeben – stand auf und war gesund. Wunderlich klingt dies und kaum zu glauben. Ich war auch nicht dabei, aber mein Mann ist ehrlich und kein Mann vieler Worte. Ich weiß, dass er nichts sagt, was nicht stimmt, und wenn mein Mann sagt, dass er ohne Eliah tot sei, dann glaube ich ihm.

WEITERMACHEN

(frei nach 1. Könige 19)

Sicher erinnert ihr euch noch an jene schreckliche Zeit damals, als Isebel gegen unsern Gott wetterte und falsche Götter anbeten ließ. Es hat ein Gottes Urteil gegeben zwischen mir und den Propheten der falschen Götter und ich habe alle falschen Propheten töten lassen. Isebel war wütend, so wütend, dass sie heilige Eide schwor mich zu töten.

Natürlich bekam ich Angst und lief davon, ließ sogar meinen Diener auf halber Strecke zurück, bis ich allein in die Wüste kam. Ich fühlte mich verloren, leer und ausgehöhlt. Ich fühlte mich verraten und einsam und der Tod der falschen Propheten schmeckte mir bitter und ließ Schuldgefühle in mir hochsteigen. Ich betete zu Gott aber nicht um Hilfe, nein, ich wollte nur, dass alles für immer vorbei sei, ich wollte nur noch sterben. Oder vielleicht hoffte ich auch auf einen großen Paukenschlag, eine große Tat Gottes, die alles wieder zurechtrücken würde.

Dann schlief ich ein, völlig erschöpft und am Ende. Ich weiß nicht, ob ich das Nächste wirklich erlebte oder ob ein Teil nur ein Traum war, es ist auch nicht wichtig. Ich sah einen Engel, der mich weckte, mir Brot und Wasser gab und mich zum Essen und Trinken nötigte. Aber ich wurde nicht recht wach davon und schlief wieder ein. Ein zweites Mal weckte mich der Engel, wieder waren Brot und Wasser dort, und er befahl mir zu essen, denn der Weg sei zu weit sonst.

Diesmal gab die Speise mir Kraft und Mut für einen Weg von vierzig Tagen bis zum Horeb. Ja, Kraft und Mut gab die Speise, aber mein Zorn, meine Einsamkeit, meine Angst, all das hatte der Engel mir nicht genommen und ich hoffte am Ende der Reise die große Tat Gottes zu sehen, die alles wieder recht ordnen würde. Müde kam ich an und müde suchte ich eine Höhle um mich schlafen zu legen.

Aber Gott weckte mich, sprach mich an, verlangte, dass ich meine Gefühle, meine Sorgen in Worte fasse. Ich erzählte ihm von meinem Eifer und meiner Wut für ihn einzutreten. Ich erzählte davon, wie verlassen ich mich fühlte, ganz allein im Volke, von denen so viele sich von Gott abgewendet hatten. Ich sprach lange und hoffte auf... ich weiß nicht was.

Gott aber rief mich vor den Berg und er selbst zog an mir vorbei: Ein Sturm zog vorbei, so stark, dass Berge rissen und Felsen brachen und ich dachte: „Herrlich, so soll Gott die brechen, die ihn verlassen haben, die durcheinanderwirbeln, die mich so einsam und leer gemacht haben." Ich schaute nochmals hin, doch Gott war nicht im Sturm.

Dann kam ein Erdbeben, dass man dachte, der Boden würde nie wieder ruhig sein, und ich dachte: „Herrlich, so soll Gott alles erbeben lassen, was fremde Wege geht." Ich schaute nochmals hin, doch Gott war nicht im Beben.

Dann kam ein Feuer und wütete und brannte, und ich dachte: „Herrlich, so soll Gott alles verbrennen, was unrein ist und fremden Göttern dient." Ich schaute nochmals hin, doch Gott war nicht im Feuer.

Einen Wimpernschlag lang war ich ratlos und dachte: „All das Große, all das Mächtige, das sollte Gott sein, damit er mit Macht zeigen kann, wer er ist."

Dann sah ich wieder hin und es kam ein leichtes Säuseln, ein milder Wind, eine Luft nicht warm und nicht kalt, die das Herz bewegt. Dort war Gott, und so ging ich hinaus, bedeckte mein Gesicht und wartete geduldig, was Gott mir sagen wollte.

Aber ich hatte schon viel verstanden: ich hatte auf große Taten gehofft, auf große Worte, auf Macht. Ich wollte, dass Gott all das zerschlägt, was mich beengt und ängstigt. Ich sah nicht, dass dann nur andere sich genauso gefühlt hätten, wie ich mich in den letzten vierzig Tagen.

Aber Gott kam als milde, liebevolle, sanfte Frühlingsluft und gab mir damit Trost, Mut und Kraft weiterzumachen. Denn ich verstand, Gott ist die Liebe und weil er nicht mit den Urgewalten kommt, weil er nicht zerschlägt, muss auch ich keine Angst vor Schuld haben. Ich kann mutig geradeaus gehen, Gott bleibt bei mir, Gott gibt mir Brot und Wasser und seine Luft umfängt mich mit Liebe wie ein leichter Mantel.

Feuer und wilde Tiere

(frei nach dem Buch Daniel)

Immer diese Fremden! Ich diene jetzt schon drei Königsherrschaften lang im Palast und habe viel Merkwürdiges gesehen, aber diese Fremden sind immer dazwischen. Der eine von ihnen soll von ihrem Gott gesegnet sein und wahr sprechen und Träume erklären können.

Hier in Babylon herrschte Nebukadnezar, als die Fremden kamen, geschlagen im Kampf, verfolgt, versklavt. Aber dieser schöne junge Mann, Daniel hieß er, bekam auch eine schöne Arbeit als Page hier am Hof: gut zu essen, keine schwere Arbeit, kein Vergleich mit den anderen Hungerleidern.

Aber er und seine Freunde, die wollten nicht gehorchen, die dachten sie seien immer noch frei und Herrscher im eigenen Land. Die wollten die komischen Gebote ihres Gottes halten, ob es Nebukadnezar gefiel oder nicht. Aber Nebukadnezar war merkwürdig freundlich zu ihm, egal was der tat.

Nahm das Essen nicht, das wir alle aßen, weil sein Gott es ihm verboten hatte und Nebukadnezar strafte ihn nicht. Der Kämmerer gab ihnen das Verlangte und als die karge Speise, die nicht satt machen konnte, ihn und seine Freunde stärker und schöner machte als uns mit der guten Nahrung, durfte dieser

Fremde sein Gemüse weiter essen. Nicht nur das, er kam zum Dienst nah bei Nebukadnezar und konnte ihm Träume erklären, heißt es.

Daniel erklärte dem König einen schweren Traum und wurde belohnt mit hohen Ämtern. Aber er lernte nichts daraus, er nicht und seine Freunde noch weniger. Als der König das goldene Bild machte, wollten seine Freunde nicht ihre Köpfe und ihre Knie davor beugen und der König wurde sehr zornig. Er drohte ihnen mit der fürchterlichsten Strafe, aber alle drei gingen in den Feuerofen, wie andere Männer zu einem Festmahl gehen. Das Feuer war so heiß, dass die Männer vom Hof, die diese drei hineinstoßen mussten, immer nur einen nach dem anderen zum Ofen ziehen konnten, ehe der Brand ihnen die Luft nahm. Als der dritte hineingestoßen ward, wussten wir alle sicher, dass sie schon tot sein mussten.

Sie aber waren noch heil und ohne Asche an Kleidung und Haaren, gesund und nicht verbrannt. So gebot Nebukadnezar, dieser erste König, unter dem ich diente, dass wir alle den Gott der Israeliten loben sollten.

Sein Sohn aber, als der dann Jahre später an die Macht kam, der wollte alles besser machen und fand die Traumdeutungen und das Anbeten eines fremden Gottes lächerlich. Er nahm den Schatz, den sein Vater aus dem Tempel der Israeliten geholt hatte und feierte mit den goldenen Krügen und Schalen ein Fest mit all seinen Getreuen. Was habe ich Wein zu ihnen getragen und Platten voll Fleisch und seltener Genüsse! Sie lobten alle Götter, deren Abbilder in der Stadt zu finden waren und noch viele mehr, wie sie so feierten. Laut war es und fröhlich, bis ein Schrei die Feier in einem Atemzug beendete.

Ich kam gerade mit einem neuen Krug Wein herein und sah auf die Wand, an der eine Hand fremde Zeichen schrieb. Eine Hand, die kein Mann führte und keine Frau und eine Schrift, die wir nicht lesen konnten. So wurden wir geschickt weise Männer zu holen, dass die Schrift erklärt werde. Und wer die Schrift lesen und erklären könne, solle der dritte Mann im Staate sein.

Keiner aber kannte die Worte und konnte sie verstehen, bis wieder dieser Fremde, dieser Daniel herzu kam und die Worte las, wie Worte, die in einem normalen Buch geschrieben stehen. Gezählt, sagte er, stehe dort, gewogen und zu leicht befunden. Gott habe das Reich vermessen und seinen Herrscher und alles solle untergehen.

Und obwohl Belsazar ihm die goldene Kette und die Kleider und die Stellung gab, wie er es versprochen hatte, geschah es, wie die Schrift an der Wand es versprochen hatte. Noch in derselben Nacht starb Belsazar und kurze Zeit danach war Darius der Meder unser neuer Herrscher.

Für einen Diener wie mich ändert sich wenig, wenn der König sich ändert. Ein paar neue Gewohnheiten, einige fremde Gäste, die ich kennen muss, aber die

Arbeit bleibt dieselbe, ob der König jetzt Nebukadnezar heißt, Belsazar oder Darius. Aber auch für den Daniel änderte sich wenig. War er der dritte Mann im Reich beim Tode von Belsazars gewesen, so war er jetzt einer von drei Fürsten, die Darius über die Stadthalter gesetzt hatte.

War er zwar jetzt auch schon beim dritten König ein wichtiger Mann geworden, so neideten ihm die anderen Fürsten seinen Verstand und die gute Hand für alles, das er für das Reich und Darius tat. Sie beredeten Darius ein Gesetz zu erlassen, dass nur Bitten an den König, nicht an andere Menschen oder Götter erlaubte. Sie aber wussten, wo Daniel seine Gebete am Fenster sprach und ließen ihn, kaum war das Gesetz erlassen, zur Strafe vorführen. Sie hatten Darius das Gesetz aber so schreiben lassen, dass er auch selbst seine Worte nicht ändern konnte und so musste er den treuesten Diener des Staates zu den Löwen werfen.

Die waren hungrig und stark und niemand hier am Hof hätte etwas auf das Leben von Daniel gesetzt. Darius aber hatte ein Licht brennen, die ganze Nacht und grämte sich, weil Daniel ihm lieb und wert geworden war.

Als der Morgen graute, lief Darius selbst nach den Löwen zu schauen und rief nach Daniel vom Rande der Grube. Er lebte und war unverletzt, als habe ein Engel seines Gottes den Löwen die Mäuler zugehalten.

Da ging der König hin und ließ die Verleumder in die Grube werfen, doch der Engel hatte die Hand von den Löwen genommen, und alle fanden den Tod.

Daniel aber lebt seit diesem Tag unbehelligt, erklärt Darius die Träume und die Zukunft und das Reich wächst und gedeiht.

Hiob – gibt nie auf

(frei nach dem Buch Hiob)

Du hast mehr Leid gesehen als irgendwer, was soll das? Ist das ein Wettrennen? Wer ist der bedauernswerteste Mensch auf Erden? Ich kenne einen, der schlägt alles: ja, auch deine Krankheit und deine Schmerzen und deine Verluste.

Wenn du nicht weißt, wen ich meine, dann kennst du den Mann nicht, Hiob war sein Name.

Der reiche Hiob, der mächtige Hiob. Er war gesegnet in allem, was ihm geschah. 7 Söhne, 3 Töchter, Vieh und Land, ein Haus und ein glückliches Leben. Er lebte allezeit so, als ob ihm nichts davon wirklich zustünde und als wundere er sich jeden Tag aufs Neue über sein Glück. Dankbar war er Gott alle Zeit und lobte und pries ihn. Er gab reichlich Opfer für sich und anstelle seiner Kinder, falls diese eine Schuld begangen und etwas vor Gott versäumt hätten.

Man sagt sich Satan habe ihn geschlagen in jener Zeit, und es war wirklich furchtbar, was ihm geschah. Rinder, Esel und Knechte erschlugen ihm die aus Saba, die Schafe holte das Feuer und die Kamele wurden von den Rotten aus Chaldäa erschlagen. Kaum erfuhr er, dass all sein Besitz verloren war, kam die Nachricht, ein Wind habe das Haus über all seinen Kindern zusammenbrechen lassen und keines habe überlebt. Aber man sagt, er weinte und klagte, aber er sagte nichts, was Gott nicht wohlgefällig war.

Da war Satan nicht zufrieden mit ihm und schlug ihn mit Schwären am ganzen Körper, so dass seine Frau ihn verlachte, weil er von Gott nicht lassen wollte. Er aber saß am Rande der Straße, kratzte seinen Körper und klagte nicht gegen Gott. Seine Frau konnte ihn fordern, Gott zu schmähen und anzuklagen, er tat es nicht.

Glaubst du immer noch dein Leid wäre das Größte auf der Welt? Ja, wenn du keine Freunde hättest an deiner Seite, dann wärest du ärmer als Hiob. Denn Hiob in all seinem Leid hatte 3 Freunde, die zu ihm kamen. Sie saßen bei ihm, schwiegen mit ihm und halfen die Last seines Leides zu tragen. Und als die Zeit des Schweigens vergangen war, da redeten und stritten die Freunde mit ihm um Hoffnung und Erkenntnis. Sie stritten um Glauben an Gott und seine Barmherzigkeit. Seine Freunde hielten sein Leid und seinen Schmerz, seine Zweifel und seinen Kummer aus und seine Fragen. Sie gaben ihm Kraft und Mut. Wenn du also keine Freunde hast, dann ging es Hiob besser als dir. Wenn du aber Freunde wie Hiob hast, dann kannst du auch aushalten, wenn sie dir sagen, was nicht Recht ist in ihren Augen und du magst es uns sagen, wie du es siehst. Seine Freunde warnten ihn, dass er sich nicht vor Gott gerecht nennen darf und dass der Mensch nicht alles weiß, was seine Seele vor Gott falsch gemacht hat.

Jetzt aber rechtete Hiob mit Gott, sagten sie, sprach selbst mit Gott und verlangte Antwort. Hiob bekam auch Antwort und Gott sprach aus dem Wetter zu ihm. Es war nicht Anklage und Vorwurf, es war nicht Kampf und Streit und genau hat mir keiner die Worte Gottes erzählt. Aber danach kam es dann endlich doch, das Ende des Leides, an das Hiob irgendwo in seinem Herzen immer geglaubt hatte. Am Ende des Leides sprach Gott ihn gerecht und er wurde gesund, bekam nochmals 7 Söhne und 3 Töchter, reichlich Vieh und Reichtum. Aber dennoch sein Leid ist größer als deines, denn Gott hat ihm nicht die Kinder, die gestorben waren, ins Leben zurück gerufen und wo fände sich mehr Leid, als wo ein Mann zehn seiner Nachkommen begraben musste.

Hohelied

frei nach dem Hohelied des Salomo

Liebe schenkt Kuss um Kuss und sie schmeckt besser als der beste Wein. Schöner ist die Geliebte in den Augen des Liebenden als alle Frauen. Sehnsüchtiger denkt die Liebende an den Geliebten als die durstige Hirschkuh an Wasser.

Edler ist sein Wuchs in ihren Augen, als es der Wuchs eines Mannes ist und so begegnen sich ihre Blicke im Staunen über das, was sie sehen mit den Augen ihrer Herzen. Ihre Sehnsucht treibt sie hinaus ihn zu suchen und sie fürchtet nicht Wache oder Entdeckung. Sie geht frei in die Liebe gehüllt und fragt nicht, ob es sich schickt.

Er aber findet nicht Wort noch Vergleich das zu preisen, was er in ihr findet. Ihre Schönheit, den Duft ihres Atems, ihre Gestalt. Aber alles Lob, alles Sehnen ist nicht genug der Liebe. Die Sehnsucht drängt dazu nicht nur zu schauen, die Liebe ruft dazu der Sehnsucht zu folgen.

Wo sie sich finden, wo sie sich treffen, da wird die Liebe sich erfüllen und die Freude die Liebenden begleiten.

Ein merkwürdiger Passagier

(frei nach dem Buch Jona)

So bin ich denn alt und grau, meine Knochen schmerzen und nichts will mehr so wie dereinst. Ich habe viel erlebt in meinem langen Leben, Gutes und Schlechtes, Schönes und Schreckliches und bei all dem Wunderbaren und Sonderbaren habe ich doch nie unsere erste Reise vergessen.

Ich war Schiffsjunge damals auf einem guten Schiff, mit einem Kapitän, der auch Schiffsjungen Menschen sein ließ und nicht mehr von uns verlangte als Recht ist.

Die Arbeit war hart, aber die Menschen an Bord waren in Ordnung, abends saßen wir beieinander, wenn Freiwache war, und auch ein grüner Junge wie ich konnte den einen oder anderen Schnurren erzählen, ohne dass einer lachte. Wir fuhren hin und her, wie es die Fracht oder die seltenen Reisenden verlangten, heute auf Kreta, nächste Woche vielleicht Tharsis und im nächsten Monat Ninive. Die Reise, von der ich erzählen möchte, begann in Japho, wenn ich es recht erinnere, und wir wollten nach Tharsis. Wir hatten Fracht geladen und waren fertig zum Auslaufen, als der Mann aufs Schiff kam. Gehetzt schaute er, als ob jemand ihn verfolge und eilig, nur ein wirres Bündel dabei, recht klein für eine große Reise.

Er fragte sich zum Kapitän durch und muss ihm wohl einen anständigen Lohn gezahlt und eine saubere Geschichte zu erzählen gehabt haben, denn er zog schließlich in die eine freie Kajüte ein, ohne viel Federlesens. Wir waren dann auch schnell aus dem Hafen und machten uns nicht viele Gedanken um den Passagier, der so versteckt in seinem Kämmerchen hauste und kaum zum Essen herauskam.

Bis das Unwetter kam. Es war nicht mein erstes und ganz sicher nicht mein letztes Unwetter, aber ich möchte schwören, so einen Sturm und solche Wellen hat keiner auf unserem Schiff jemals gesehen, sein ganzes Leben nicht.

Männer, die zwanzig Jahre zur See fuhren, waren blass und wir hatten nicht Hände genug um uns festzuhalten und festzubinden. Wir warfen sogar Last ab und Ladung, aber das Schiff wollte und wollte nicht leichter werden. Im Sturm findet jeder Seemann seinen Gott, heißt es, und so hörte man uns beten, wie eine Gruppe frommer Mütterlein, jeden zu seinem Gott, und wir hofften, dass alle Götter sich uns gewogen zeigen und uns am Leben lassen würden.

Als nichts half, ließ der Kapitän unseren merkwürdigen Passagier rufen und fragen, welches sein Gott sei und ob er bei diesem nicht ein gutes Wörtchen für uns einlegen könne, damit wir und er gemeinsam mit dem Leben davon kämen. Wecken musste er ihn, verschlief der doch glatt den halben Weltuntergang.

Als Letztes schlug einer vor, den Schuldigen an unserem Elend mit dem Los zu finden, und das Los fiel auf den Passagier. Er hatte uns gesagt, dass er vor seinem Gott davon lief, aber wir dachten uns nichts Großes dabei, hatten es eher als Gerede wahrgenommen. Aber jetzt fragten wir doch und er erzählte: Jona heiße er und sei von Gott nach Ninive gerufen, dort zu predigen, sein Gott sei der, der Himmel und Erde gemacht hat und ein Hebräer sei er….

Da wurde uns ganz kalt und angstvoll ums Herz, so voll Angst, dass wir seinen nächsten Vorschlag gern annahmen.

Er sagte: Werft mich ins Meer, dann habt ihr Ruhe.

Das hatte er kaum gesagt, da nahmen ihn zwei und taten, wie er selbst es vorgeschlagen hatte. Sobald seine Füße das Schiff nicht mehr berührten, bevor er auf dem Wasser aufschlug, wurde das Wetter ruhig und das Meer still und es ging ein Seufzen durch alle Kehlen wie durch einen Mund.

Mit einer Stimme hörte ich die Männer den Gott anrufen, vor dem dieser Jona geflohen war. Ich aber war neugierig und schaute und sah das Wunder noch, wie ein großer Fisch kam und diesen Jona mit einem Bissen verschluckte, wie unsereins einen Schluck Wasser nimmt.

Das ist alles, was ich gesehen habe, und wunderlich genug war es, aber ich weiß auch wie die Geschichte weiterging, denn tatsächlich war dies nicht das Ende. Mein Bruder, der in der verrufenen Stadt Ninive wohnte, hat es mir viele Monate später erzählt und ich sage nur das, was er mir gesagt hat und erfinde nichts hinzu.

Einige Tage später, so sagte mein Bruder, kam dieser Jona, abgerissen und müde in Ninive an. Er erzählte von dem Sturm und dem Fisch und dass der Fisch ihn drei Tage in seinem Bauch getragen habe. Er, Jona, habe gebetet und da habe ihn der Fisch am dritten Tag an den Strand von Ninive gespuckt, heil und ganz, nur ein wenig feucht und stinkend.

Er aber hatte Gott versprochen jetzt seinen Auftrag zu erfüllen, und so ging er in die Stadt und predigte von all dem Bösen, was in dieser Stadt tagaus, tagein geschieht, und dass Gott die Stadt vernichten werde. Vierzig Tage, dann werde Gott die Stadt dem Erdboden gleich machen. So redete er auf allen Plätzen und erst lachten viele Menschen über diesen wunderlichen Prediger, der so nach Fisch roch.

Als die Geschichte aber vor den König kam, redete der König von Buße und Umkehr und alle, so erzählt mein Bruder, fasteten und beteten, zogen einfache Kleider an und gaben zurück, was sie unrecht erworben hatten.

Die vierzig Tage vergingen und die Stadt blieb heil. Da habe der König gesagt, das sei der Lohn für unsere Umkehr und dass wir dabei bleiben müssten, erzählte mein Bruder, und sie opferten fleißig weiter und folgten den guten Wegen.

Mein Bruder aber, der geht gern spazieren und so ging er einige Tage später vor der Stadt spazieren und fand dort eine einfache Hütte unter einem prachtvollen Rizinus, der wunderbaren Schatten warf. Vor der Hütte im Schatten saß der Prediger und sah traurig und wütend aus. Da fragte ihn mein Bruder, ob er denn nicht glücklich sei, weil seine Predigt so viel bewirkt hatte, aber dieser Jona sagte nur: „Habe ich doch gewusst, ich hätte gar nicht reisen müssen, all die Angst und Not umsonst, am Ende verschont Gott die Menschen ja doch wieder. Das einzig Gute hier ist der Schatten des Rizinus, alles andere ist nur sinnlos."

Da ging mein Bruder kopfschüttelnd weg und als er am nächsten Tag wieder vorbei kam, ein Tag mit besonders heißer, stechender Sonne, da war der Rizinus verdorrt und tot, als ob ein Wurm ihn gestochen habe und die Sonne brannte dem Jona ins Gesicht. „Geh weg", herrschte er meinen Bruder an, „lass mich in Ruhe, ich will nur noch sterben, jetzt ist auch noch meine einzige Freude dahin, der Rizinus ist tot."

Verstanden habe ich den Jona so wenig, wie ich ihn auf dem Schiff verstanden habe, aber vergessen werde ich ihn wohl nie.

Zweiter Teil

Frauenkram

(frei nach Lukas 2, 1-21)

Wintertage mag ich nicht. Da ist es lange dunkel und wenn es dunkel ist, setzen sie sich ans Feuer. Das Feuer ist zu hell, da kann ich nicht versehentlich vorbei kommen um zu sehen, was sie tun. Da sehen sie mich zu leicht. Am Tag, da achtet keiner darauf, da muss ich nur meinem großen Bruder ausweichen, denn der fällt nicht mehr auf mich rein. Mutter hat ja auch schon die Lust verloren. Sie sagt immer, an mir wäre ein Junge verloren gegangen. Als Mädchen wäre ich ziemlich falsch.

Ich finde es aber auch viel zu langweilig, immer nur diesen Frauenkram zu machen. Kochen und nähen und Käse machen und – alles langweilig! Da ist ja Ziegen melken noch spannender, das ist wenigstens annähernd wie Männerarbeit. Nur wenn mal wieder jemand gebraucht wird, der den Männern das Essen bringt, dann mache ich freiwillig Frauenarbeit. Aber Mutter sagt immer, das mache ich nur, damit ich wegkomme, und ich komme dann immer viel zu spät zurück. Also schleiche ich mich raus und hoffe, keiner erwischt mich.

Mein Bruder und die Nachbarn sind schon lange bei den Schafen draußen und einmal am Tag gehen ein paar Frauen dort hin, bringen frisches Brot und holen Milch zum Käsemachen. Ich will aber immer sehen, was die Männer so tun, und es gibt Tage, da beneide ich meinen Bruder und andere, da tut er mir leid. Wenn alles gut geht, dann lassen die Hirten die Hunde die ganze Arbeit machen und sie sitzen so lange rum, bis die Herde alles abgefressen hat und weiter zieht. Aber wenn es schlecht geht, dann lammen alle Tiere mitten in der Nacht und gleichzeitig läuft ein Wolf zur Herde und die Männer sind in heller Aufregung.

Helle Aufregung gab es auch letztens, dabei hätte ich, wenn mir jemand davon erzählt hätte, nur gestöhnt: „Frauenkram".

Es war eine von den besonders dunklen Nächten, die Tage davor hatte es im Dorf schon viel Aufregung gegeben. Diese dumme Zählung, überall Volk auf der Straße, das weiterziehen musste, nur weil der Vater oder Großvater in einer anderen Gegend geboren wurde. Alle Gasthäuser an der Straße sollen voll gewesen sein und wer Heu gelagert hat, hat manches Nachtlager verkauft.

Ganze Familien haben sie weiter geschickt, junge und ganz alte Menschen, weil keiner mehr ein Bett frei hatte. Wie gut, wenn die Familie immer in der gleichen Ortschaft gewohnt hat, da kann man im eigenen Bett schlafen und muss sich nicht um ein Nachtlager schlagen. Um draußen zu schlafen biss der Wind zu sehr, nur ein gutes Feuer und genug Menschen um es zu schüren, konnten da helfen.

Unsere Hirten hatten ein großes Feuer in der Nacht, frisches Brot und jungen Käse, und ich war nicht nach Hause gegangen, nachdem ich das Brot gebracht hatte. Ich habe mich in der kleinen Hütte versteckt, in der sie die warme Kleidung, ein paar Decken und solche Dinge lagern. Zwischen den Decken war es warm und wenn man so kurz ist wie ich, reicht die Hütte aus.

Ich muss wohl eingeschlafen sein, obwohl ich eigentlich nach Hause wollte, wenn es richtig dunkel wird. Es kann noch nicht sehr spät gewesen sein, so lange hatte ich nicht geschlafen, aber es war nicht dunkel. Bis mitten in die Hütte hinein sah ich so viel Licht, als ob heller Mittag sei, und als ich durch ein Astloch hinaus schaute, konnte ich zuerst vor lauter Licht nichts gar nichts sehen.

Als meine Augen sich ein wenig an das Licht gewöhnt hatten, sah ich unsere Hirten und Fremde, große Gestalten, die schwebten oder flogen, Schatten oder Wunder, ich konnte sie nicht genau erkennen. Und ich hörte eine Stimme wie ein Donner und alle Hirten, kräftige, mutige Männer, die keinen wilden Hund fürchten, schauten voll Ehrfurcht hinauf.

„Fürchtet Euch nicht!" rief die Stimme, und dass sie mitkommen und schauen sollten. Das andere verstand ich nicht, so laut schlug mein Herz, und so heftig rauschte das Blut in meinen Ohren.

Die Männer packten ihre Bündel zusammen, einer wie der andere, und einer sagte „Geschenk" und ein anderer sagte „Neugeborenes". Ich dachte „Frauenkram", aber hatte dann doch noch eine gute Idee. Ich griff zu dem kleinen Stapel Sachen und zog eine Büchse mit Schafsfett heraus und steckte es ein. Meine Mutter nimmt das immer, wenn die Haut rot gerieben ist, das mag auch für kleine Kinder gut sein.

Hinaus aus der Hütte und den Männern hinterher war eins und dann sputen, denn sie waren schon ein ganzes Stück fort. Alle Schafe und die Hunde haben sie allein gelassen, keiner blieb als Wache zurück.

Wir gingen ein Stück weit, sie vornedran, ich hinterher, leise, unauffällig, neugierig. Dann kamen wir zu den alten Ställen, die oben in den Felsen gehauen sind. Wer einen Ochsen hat oder einen Esel nutzt die gern, für Schafe oder Ziegen sind sie zu klein, da passt keine Herde hinein.

Auch hier war es heller als in der Nacht, aber nicht wie am Mittag, nur als ob alle Sterne ein wenig heller leuchten würden. Ich war aufgeregt und habe nicht aufgepasst und rannte fast in meinen Bruder hinein, weil ich mich so beeilte. Aber es gab kein Donnerwetter, er schaute mich nur von der Seite an und winkte mir dann zu mitzukommen. So gingen wir beide als Letzte hinter den Hirten her.

In einem der Ställe hörten wir die Tiere nur ganz leise, aber dafür die Stimme einer Frau, und als wir hinein gingen, sahen wir die drei: einen Mann, der an der Seite stand, eine junge Frau saß am Boden im Stroh und auf ihrem Schoß lag ein kleines Kind. Die Frau sah müde aus und erschöpft und lächelte glücklich, während sie dem Kind ein paar Töne vorsummte.

Da fiel mir ein, wo ich den Mann und die Frau gesehen hatte. Sie waren am selben Morgen an unserem Haus vorbei gekommen. Die Frau hatte auf dem kleinen Esel gesessen und einen ganz runden Bauch gehabt und der Mann hatte meine Mutter gefragt, ob sie ein Bett für die Nacht wüsste.

Dann hatte der Gastwirt unten im Ort also doch kein Bett mehr gehabt, wenn sie jetzt hier im Stall saßen. Das Kind war dann wohl hier zur Welt gekommen, gerade eben vor wenigen Stunden erst.

Unsere Nachbarn und meine Onkel gingen vor, sahen das Kind an und brachten ihm ein paar Kleinigkeiten. Eine warme Decke, etwas Brot und Käse, einer hatte auch einen Krug Milch dabei.

Nur mein Bruder, der schaute auf seine leeren Hände und lächelte erst wieder, als ich den Topf mit Schafsfett in seine Hand legte. Er stand auf und legte den Topf zu den anderen Dingen.

Ich aber stand da und schaute. Frauenkram, kleine Kinder, das hatte mich immer so wenig interessiert wie die Jungen und Männer.

Dieser kleine Junge aber, der war anders, der war wichtig, so wichtig, dass sogar die Männer ihre Arbeit liegen ließen um ihn zu sehen.

Ein kleines Kind und ich war das einzige Mädchen, ja außer der Mutter die erste Frau, die es begrüßen sollte.

KINDERERZIEHUNG?

(frei nach Lukas 2, 41-52)

Es gibt ein Alter da gibt es nur eins, ein paar hinter die Ohren, aber manche Eltern lernen das nie! So eine große Gruppe zusammen reisen lassen, das ist schlimmer als zwei Säcke Flöhe hüten, sage ich immer. Alles geht durcheinander, die Hälfte der Menschen weiß nicht, was sie tun soll und die andere Hälfte hat einen Gutteil schon wieder vergessen. Alles muss passen, Menschen, Besitz und Vieh, wir reisen alle zusammen, weg von Jerusalem wieder nach Hause. Das Fest ist vorbei, mancher geht, als habe er noch einen dicken Kopf oder so viel gegessen, dass er nicht weiß, wie er alles voran tragen soll.

Die Kinder aber sind wie junge Hunde, sie rennen durcheinander, vorne und hinten am Zug, rechts und links, und der Vater, der seinen Sohn nicht frühzeitig auf die rechte Spur gebracht hat, sucht ihn noch am Abend vergeblich. Da braucht es eine harte Hand, sonst holt sich die junge Bande vom Proviantkorb auf dem Rücken einer alten Frau eine Handvoll Datteln und vom Karren des Bäckers ein paar Fladen Brot. Geschlafen wird dann an dem Feuer, wo es die spannendsten Geschichten gibt. Da muss man frühzeitig durchgreifen, das geht sonst nicht. Und wenn die Eltern noch so sehr reden:

Kann doch nichts passieren, wir haben schon ein Auge auf alle zusammen und die Pflicht kommt früh genug zu Hause wieder.

Wer da nicht durchgreift, dem geht es wie dem Josef und seiner Frau im letzten Sommer, als wir alle den Weg zweimal gegangen sind wegen deren Ältestem. Zweimal das erste Wegstück, die ersten anderthalb Tage von Jerusalem zurück.

Nach anderthalb Tagen waren wir damals am ersten großen Rastplatz eingetroffen, wo auch ein wenig gekocht werden sollte, und so kamen die Kinder dann auch jeder zum Platz der Eltern, um dort sein Mittagessen zu bekommen. Nur Josef und Maria blieben alleine und gingen dann umher, die anderen Kinder zu fragen. Aber wie sie so fragten, fanden sie heraus, keiner hatte Jesus gesehen seit Jerusalem, keiner der Erwachsenen und keins der Kinder.

Maria wurde weiß wie eine Wand und drängte Josef zurückzugehen und das Kind zu suchen. Zwölf Jahre war der Junge schon, da sollte er Verstand genug haben zu wissen, dass eine Reise allein lebensgefährlich ist. Auch würde er ohne Hilfe den Weg nie finden. Wir setzten uns also alle zusammen und beschlossen uns aufzuteilen. Ein paar Männer, die gut zu Fuß waren, sollten die beiden begleiten, wir anderen wollten hier warten, damit keiner die Reise allein und unbegleitet machen müsse. Mein Mann war auch bei den Männern und er erzählte mir gut zwei Tage später, wie schnell sie wieder in Jerusalem angekommen seien.

Josef wäre dann auch gleich zuerst zum Tempel gegangen, da sie dort ja kurz vor dem Aufbruch noch gewesen seien und richtig, dort fand er einen großen Tumult von weisen Männern. Er wollte fragen, ob einer von ihnen vielleicht seinen Sohn gesehen habe, aber bevor er nahe genug an die Gruppe kam, hörte er aus ihrer Mitte eine helle Knabenstimme.

Sein Sohn stand dort mitten unter den weisen Männern und redete mit ihnen wie mit seinesgleichen, stellte Fragen und beantwortete andere.

Ein Aufschrei aus Josefs Kehle machte der munteren Runde ein jähes Ende. Dort hat Josef wohl nicht viel gesagt, dem Jungen aber wohl doch klar gemacht, dass er mitzukommen habe so schnell ihn seine Beine trügen.

Dann waren sie wieder zurück, spät am Abend war es, und die kleine Familie lagerte sich direkt neben uns, nur schnell das Nötigste für die Nacht eingenommen, um am nächsten Morgen die Gruppe nicht noch länger aufzuhalten.

Aber Stimmen tragen laut in der Nacht und so konnte ich nicht anders als die mahnenden und fragenden Worte der Eltern zu hören und den kleinen Jesus, der voller Verwunderung antwortete.

„Aber Mutter, wie konntest du dich denn sorgen, wusstest du nicht, dass ich in dem Haus meines Vaters sein musste?"

Wie schon gesagt, frühzeitig ein paar hinter die Ohren, dann wäre er wenigstens nur wie die anderen Jungen durch unsere Gruppe gestreunt und hätte nicht stattdessen den ganzen Tempel durcheinandergeredet.

Ein anstrengender Beruf

(frei nach Lukas 5, 1-11)

Das war vielleicht ein Tag, anstrengend und merkwürdig. Ja, genau, merkwürdig, das passt. Ich werde, glaub ich, lange brauchen, bis ich alles begreife. Ich muss meine Gedanken ordnen, noch einmal genau durchdenken, was geschah, vielleicht verstehe ich ihn dann besser. Wir hatten die ganze Nacht gefischt, das weiß ich noch. Wir, das heißt Simon und die beiden Söhne von Zebedäus, der Jakobus und der Johannes, und wir anderen. Wir anderen sind die Gehilfen, denn alleine bekommt man ein volles Netz nie ins Boot, und alleine rudert man viel zu lange.

Also, wir alle waren draußen mit zwei Booten und mit Laternen und allem was dazugehört. Wir hatten gearbeitet und gerudert und die Netze ausgeworfen und nichts - absolut nichts. Dabei sind viele Fische im See und die Männer verstehen ihre Arbeit, aber es gab kein Ergebnis.

Wir waren kaputt, als wir wieder anlegten, um die Netze durchzusehen und zu flicken, denn selbst wenn kein Fisch drin war, irgendetwas zerfetzt immer ein Stück Netz. Ich war auch ziemlich sauer, kann man ja auch verstehen, und ich wollte nur noch ins Bett und mich ausruhen.

Ich wollte schlafen und hoffen, dass die Fische morgen besser beißen. Damit es nicht zu knapp ist zu Hause, ich esse ja schließlich genug.

Wir waren fast fertig und wollten gerade zusammenpacken, als aus der Menschenmenge - hab ich das schon gesagt? Am Ufer stand nämlich eine große Menschenmenge und aus der Menge kam ein Mann heraus. Es war dieser Jesus, ich hab ihn zwar nicht sofort erkannt, aber dann fiel er mir doch auf, der, von dem in der letzten Zeit so viel geredet wurde.

Was geredet wurde? Weiß ich nicht, ich hörte da noch nicht so genau hin. Also, Jesus kam und kletterte einfach in das Boot von Simon. Das geht doch nicht! Einfach in fremde Boote steigen - ich wollte es ihm schon sagen, aber da sprach er Simon an. Er sagte: „Fahr mich bitte ein Stück hinaus." Als ob Simon ein Fährmann wäre, unverschämt!

So dachte ich zuerst, aber als Simon sofort einstieg und mir winkte, ihm rudern zu helfen, dachte ich mir: Fährlohn ist auch gut verdientes Geld, warum also nicht nach dieser Nacht. Ich war mir sicher, dass Simon genauso dachte.

Wir ruderten ein Stück hinaus, dann redete Jesus zu den Leuten und wir fingen an wieder zurück zu rudern. Ich hab mir die ganze Zeit überlegt, was er uns für die Fahrt geben wird, und wie viel Simon mir davon abgibt - es war ja sein Boot.

Nun, sicher war es ein Fehler von mir nicht zuzuhören, wie Simon es tat. Wenn ich gehört hätte, was Jesus sagte, hätte ich Simon sicher besser verstanden. Aber ich hatte lieber im Geist Geld ausgegeben, das wir nie bekamen - zumindest nicht als bares Geld. Nun, es war ja auch schon komisch, dass der Preis nicht ausgehandelt wurde: An Simons Stelle hätte ich da nicht mitgespielt.

Auch auf dem Rückweg sagte Simon nichts und als Jesus dann den Mund aufmachte, waren seine Worte ganz unerwartet. Kein Preisvorschlag, kein Gefeilsche nein, ein Befehl!

„Fahrt hinaus auf den See" sagte er „ werft dort eure Netze zum Fang aus!" Ein Schreiner oder Zimmermann oder was er auch sonst immer in seinem ordentlichen Beruf war sagte einem Fischer, wann und wo er fischen soll! Das war ja nun doch zu viel! Nicht nur, dass er sich raus rudern ließ, da drückte er sich auch noch um die Bezahlung und wollte uns mit Fischen bezahlen, die wir erst noch selbst fangen mussten! Nun würde Simon ihm sicher die Meinung sagen.

So ein Unfug! Fisch bei Tag zu fangen! Jeder kleine Junge im Dorf kann ihm sagen, dass das nicht geht!

Und Simon setzte auch richtig an und legte los, etwas zahm zwar, aber immerhin. „Meister", sagte er (wieso eigentlich Meister, der ist doch fremd hier) „Meister, wir haben die ganze Nacht gearbeitet und haben nichts gefangen."

Aber bei seinem nächsten Satz blieb mir fast die Luft weg? Er schimpfte nämlich nicht, was jeder verstanden hätte, sondern gab klein bei. Er sagte: „Wenn du es sagst, werde ich die Netze auswerfen."

Wieso eigentlich er, mag er doch klein beigeben, aber ich muss dann schließlich auch mitschuften, und das will ich nicht, schuften, obwohl es sinnlos ist, Blödsinn. Aber ich habe dann lieber geschwiegen, ich wollte keinen Ärger und keine sinnlosen Debatten. Ich murrte also lautlos vor mich hin und ruderte.

Genauso knurrig warf ich das Netz aus. Und dann, dann geschah es: Ich wollte schon lästern, bevor ich ins Netz geschaut hatte, aber ehe ich den Mund aufmachte, war Simon schon am Netz und zog und da blieben mir die Lästerworte im Hals stecken. Das Netz war nicht leer - ich griff zu, es schnitt mir in die Hände und ich zog und zog.

Erst dachte ich es hätte sich festgehakt, weil ich noch nie so ein schweres Netz eingeholt hatte, aber dann sah ich es silbern glitzern.

Nun, das war ein Fährlohn nach meinem Geschmack, aber es war nicht möglich das Netz herauszuziehen. Wir müssen es runterlassen und einige Fische hinausschwimmen lassen, dachte ich, für alle haben wir keine Kraft.

Aber Simon war schon etwas eingefallen. Er winkte mit beiden Armen und die Zebedäussöhne im anderen Boot fuhren los und halfen uns.

Es war immer noch sehr viel zu tun, aber wir lachten und freuten uns und füllten beide Boote bis obenhin voll Fische. Soviel hatten wir alle noch nie gefangen, es war ein sehr guter Lohn für das bisschen Arbeit.

Wir waren sehr dankbar und froh und stolz und ein wenig beklommen vor dem Mann, der solche Sachen konnte. Nun es war schon merkwürdig und Jesus war jetzt auch in meinen Augen mehr als einer von uns.

Ja, mehr schon, aber Simon habe ich in dem Moment dann doch nicht verstanden. Er warf sich nieder, ja er warf sich mit seinem ganzen Körper auf die Erde, wie vor einem König. Aber dann sagte er nicht etwa „Danke", sondern: „Herr, gehe weg von mir, ich bin ein Sünder".

Ausgerechnet Simon, der sich bisher von keinem etwas sagen ließ, sagt zu einem Wildfremden, nur weil ein Wunder geschah: Ich bin ein Sünder.

Das war das Merkwürdigste - auch wenn Jesus ein Mann Gottes oder sogar Gottes Sohn ist, wie manche sagen, warum ist er nicht einfach mitgegangen, hat für ihn gearbeitet, statt sich zuerst klein zu machen.

Sicher, mir war nach diesem Ereignis auch klar, dass es gut war für den zu arbeiten. Aber ich hätte doch nie meine Chance verkleinert, wenn ich mitwollte. Ich hätte gesagt: Ich bin da und da gut, ich kann hart arbeiten - aber nie: Ich bin ein Sünder.

Und obwohl Simon sich klein machte, hat Jesus ihn mitgenommen und hat ihm sogar eine Aufgabe gegeben. Er war nicht wie ein Chef, der die schlechten Arbeiter wegschickt. Er hat Simon sogar getröstet; „Fürchte dich nicht", hat er gesagt, da wurde sogar mir warm ums Herz, „fürchte dich nicht, von jetzt an wirst du Menschen fangen."

Er ist mitgegangen und die Zebedäussöhne auch. Und ich, ich bin hiergeblieben und habe über das alles nachgedacht. Wenn ich jetzt etwas über Jesus höre, höre ich genau zu.

Sogar mich hat die ganze Sache beschäftigt und angerührt, obwohl ich so wenig verstanden habe. Simon fängt jetzt Menschen - das wird ihm sicher nicht schwerfallen mit so einem Herrn im Hintergrund. Wer Fische in ein Netz bringen kann, wenn es unmöglich scheint, kann auch Menschen zu sich bringen.

Wer Simon dazu bringt, dass er sagt, er ist ein Sünder, obwohl er mit will, der kann Menschenherzen bewegen. Und wer dann auch noch jemanden nimmt, der es sich selbst nichts zutraut, jemanden auswählt, der merkt, dass er klein ist, der kann viele

Menschen um sich sammeln, weil alle bei ihm doch wichtig sind.

Ich hätte genauer zuhören sollen, dann hätte ich auch vor Gott, der so groß ist, verstanden, dass ich ein Sünder bin. Ich wünsche Simon eine gesegnete Zeit, eine Zeit der vollen Netze, Netze, die jetzt voll Menschen sind, Menschen, die alle dabei sein dürfen, obwohl sie Sünder sind.

Und Simon, ich wünsche dir Hände, die helfen die Netze zu halten, wie uns auf dem See das zweite Boot half. Wenn du hier einmal Hände brauchst, dann nimm meine.

Ich glaube, ich habe dich jetzt verstanden.

Das Gesicht voll Unglaube, Tränenspuren auf der Wange

(frei nach Lukas 7, 11-17)

Wie, Du warst nicht dort? Hast nichts davon gehört? Hast Du die letzten Tage geschlafen und keine Menschenseele gesehen? Nun, dann muss ich es Dir erzählen, das geht gar nicht anders.

Es war vor drei Tagen, bei der Beerdigung von dem Sohn unserer Nachbarin. Guck jetzt nicht so erstaunt rüber, ich erzähle Dir ja alles.

Unsere Nachbarin hatte erst vor wenigen Jahren ihren Mann verloren und ohne den Sohn, der ihre einzige Stütze war, hätte sie kaum weiter gewusst. Lieb war er und fleißig und hatte immer ein gutes Wort für uns, wenn er auf der Straße vorüberkam. Wir kannten die beiden schon viele Jahre, schon als er ein kleiner Junge war, der über die Wege tobte.

Krank war er wohl gewesen, aber genau weiß ich es nicht, wir hatten ihn wohl etwas aus den Augen verloren. Dann hörten wir ihren Schrei und ihr Weinen, und dann hieß, es er sei tot und dass er die Tage beerdigt würde.

Wir sind natürlich mitgegangen, wie sie so klein und traurig und eingefallen ihrem toten Sohn zum Friedhof folgte. Ganz eingefallen vom Weinen, so hoffnungslos sah sie aus und einsam, so unermesslich einsam zwischen uns Anderen.

Langsam, langsam ging der Trauerzug durch die staubigen Straßen, langsam den Hügel hinauf, bis zum Feld dort oben, wo die Toten begraben werden. Wie wir dort gingen, sahen wir von unten eine reisende Gruppe Männer den anderen Weg hinaufgehen. Zügig ausgeschritten sind sie und so schwer und bedrückt unsere Schritte waren, so ausladend und froh war ihr Gang. Einer ging ein wenig voran, der hielt sich so gerade und herrschaftlich, als ob er den anderen etwas zu sagen habe. Ach, dachte ich noch, müssen diese Männer gerade jetzt kommen, das muss ihr Herz noch zusätzlich beschweren, wenn sie diese sieht so voller Leben und dann an ihren eigenen Sohn denkt.

Die Träger aber trugen in stetem Schritt den Sarg und sie weinte still und anhaltend mit jedem Schritt.

Kurz vor dem Baum, nahe am Stadttor, dort oben trafen sich die beiden Gruppen, unsere große und traurige und jene kleine und frohe. Die Männer eilten sich aber weder vor uns den Pfad zu passieren, damit wir sie nicht aufhielten, noch blieben sie mit gesenktem Kopf am Straßenrand stehen, um uns und ihr die Ehre zu erweisen.

Nein der Herrschaftliche trat vor und sprach sie an, so dass die Träger langsamer wurden. „Weine nicht", sagte er zu ihr, und was jetzt so kalt und lieblos klingt, wenn ich es erzähle, kam aus seinem Mund voller Liebe und Trost. Und in einem Schritt wandte er sich zum Sarg und gebot den Trägern anzuhalten. Da sagte meine Nachbarin, die neben mir ging: „Das ist der Wanderprediger aus Galiläa und seine Schüler!", und als ich mich wieder zurück drehte, um zu schauen was geschah, lag seine Hand auf dem Sarg und er redete zu dem Leichnam.

„Steh auf" sagte er und mir war, als ob ein hysterisches Lachen durch die Gruppe brandete. Das Lachen aber blieb in unseren Kehlen stecken, als das Leintuch über dem Leichnam sich regte und der Jüngling aufstand, als ob er nur geschlafen hätte. Er sprach etwas, ganz leise, als ob er nach einem Schlaf der eigenen Stimme nicht mächtig sei und der Wanderprediger führte ihn zu seiner Mutter, die ganz klein und eingefallen, aber staunend vor ihm stand.

Da erfasste uns eine große Angst. Er war doch tot, wirklich und wahrhaftig tot und jetzt, sieh selbst hinüber, dort steht er ja, wie das gesunde, junge Leben. So standen wir da voll Furcht und voll Freude und einige Frauen fielen zu Boden und lobten Gott. Sie aber stand neben ihrem Sohn, das Gesicht voller Unglauben und unendlicher Freude, die Tränenspuren noch nass auf ihren Wangen.

Brot und Fisch

(frei nach Lukas 9, 10-17)

Ich muss euch etwas erzählen, so etwas habt ihr noch nie gehört. Ihr wisst ja, mein Vater hat mich endlich mal mitgenommen, als er das letzte Mal unterwegs war. In der Nähe vom See hat er viel gehört von diesem Lehrer und Wunderheiler und ganz viele Menschen sind gekommen um ihm zuzuhören.

Wir waren auch dabei an diesem Berg, vielleicht eine Tagesreise von unserem nächsten Ziel entfernt. Mein Vater hatte mich zum Proviantmeister ernannt, ich musste morgens schauen, dass wir genug zu essen mit hatten für eine Tagesreise und, wenn etwas fehlte, zum Markt gehen und einkaufen. So war ich an diesem Tag schon früh auf den Beinen gewesen und hatte alles für den Tag besorgt.

Wie waren also an dem Berg und die Erwachsenen, vielleicht 5000 Männer und viele Frauen waren ihm schon einige Zeit hinterher gelaufen und wollten jetzt hören, was er erzählen würde. Der Lehrer setzte sich also mit seinen Schülern hin und ich schlich mich mit einigen anderen Jungen nah hinzu, damit wir auch ganz bestimmt hören würden, was er zu sagen hatte. Er schaute hoch und über die Menge, die unruhig um ihn herumstand. Es wurde spät, die erste Abendröte war schon zu sehen und mir knurrte der Magen. Noch mehr, als ich hörte, wie der Lehrer zu einem seiner Schüler von Brot und Essen sprach. Ich glaube, er überlegte wie all diese Menschen satt zu bekommen seien. Der Schüler klang gereizt, zeigte auf seine leeren Taschen und sagte 200 Dinare wären nicht genug, damit alle ein Stückchen Brot bekämen.

Als ich das hörte, griff ich zu meinem Proviantbeutel und nahm das Brot und die Fische heraus, die ich am Morgen gekauft hatte. Das sah einer der Schüler, zeigte auf mich und sagte dem Lehrer: „Schau mal, dieser Junge hat fünf Brote und zwei Fische, aber das reicht nicht!"

Der Lehrer gab Zeichen, alle mögen sich setzen, und wir setzten uns ins Gras, jeder wo er stand. Sie fragten mich nach meinem Brot und den Fischen und ich dachte gar nicht darüber nach und gab sie ihnen. Dann dankte der Meister, betete und gab es weiter, Brot und Fisch an jeden.

Ich saß nah bei, da war es klar, dass ich noch einen ordentlichen Happen gut zum satt werden hatte. Aber auch als die Stücke weitergegeben wurden, sah es nicht aus, als würde es weniger. Ich weiß nicht, ob manch einer aus seiner Tasche etwas dazu getan hat, ich weiß nur: Wir aßen und es schmeckte und wir wurden satt alle miteinander. Als wir so saßen mit vollem Bauch in der Abendsonne, da gingen seine Schüler, jeder mit einem Korb durch die Menge und sammelten ein, was übrig war. Das Brot sollte ja nicht schlecht werden. Und jeder kam mit einem vollen Korb zurück.

So sind wir also alle, mehr als 5000 von dem satt geworden, was für meinen Vater und mich für zwei Tage reichen sollte. Ich war dabei, mittendrin, aber ich habe nicht gesehen, dass das Brot nach dem Teilen wieder gewachsen ist, aber ich habe auch nicht gesehen, dass irgendwo viel zu essen dazu gelegt wurde. In den Körben am Ende war nur Brot, genau solches Brot, wie ich gehabt hatte.

Ich fand es toll, wie satt und zufrieden wir alle waren, aber die Erwachsenen müssen ja alles erklärt bekommen. Ich habe nichts nachgefragt und als dann einige schrien: „Das ist der Prophet, von dem in der Schrift steht!" und vorwärts drängten, als ob sie etwas von ihm wollten, bekamen sie nichts. Denn er stand auf, sagte nichts und ging auf den Berg, allein.

Das mögt Ihr glauben oder auch nicht, es ist nur das, was ich erlebt habe, nicht mehr und nicht weniger.

Der reiche Erbe

Frei nach Lukas 15, 11ff

Was machen wir heute? Hast Du eine Idee? Ja, geht mir genauso: ich kann meine Taschen umkrempeln wie ich will, keine noch so kleine Münze darin. Also heute fasten, morgen feiern. Wieso morgen feiern? Na drüben im Nachbarort, die Hochzeit, die wird schon groß genug. Sollen doch alle denken, der andere hat mich eingeladen. Den Freunden des Bräutigams erzählen wir was von der Einladung des Bruders der Braut und andersrum. Ja, die guten Zeiten sind vorbei, der Gürtel ist wieder enger geschnallt.

Was war das doch schön in den letzten Jahren, seit unser Freund, die Einfalt vom Lande hergekommen war. Hat sich das Erbe auszahlen lassen und machte auf großer Mann und war dabei so dumm, so dumm. Du warst erst am Ende dabei, nicht wahr? Am Anfang, da war es einzigartig. Wir redeten alle von tollen Geschäften, die er mit seinem Geld machen könnte, und es blieb genug für die eigenen Taschen hängen. Er hielt uns für wichtig und fühlte sich geehrt, wenn er uns einladen durfte und erst seine Feste. Braten und Wein vom Besten und genug von allem. Er nannte uns seine Freunde und lobte das schöne Leben. Aber das Geld war doch nicht so viel, wie er gedacht hatte, und als du dazu kamst, waren die Feiern schon viel weniger prachtvoll. Aber er könne seine Freunde doch nicht zahlen lassen, sagte er, wir würden ihm ja so bei den Geschäften zur Hand gehen und völlig uneigennützig. Hier die schöne Jacke hab ich mir von meinem „Uneigennutz" geleistet und so manche Kleinigkeit mehr.

Aber dann kam der Tag, da gab es nur noch Brot und einfachen Wein, und auf einmal sprach er von leerem Beutel und dass sein Geld nicht mehr für das Nachtlager reiche. Ob wir nicht helfen könnten oder eine Arbeit für ihn hätten. Der Wein war schon arg sauer und Arbeit, keiner von uns hatte großes Interesse daran, schon gar nicht welche zu vergeben. Wir ließen ihn reden, leerten noch den Wein und murmelten ein wenig vor uns hin.

Danach warst Du eine Weile weg, meine ich? Ich hatte noch genug im Beutel, um es mir gut gehen zu lassen. Nicht so gut wie vorher, aber für ein Glas und einen Teller voll Gutem hat es immer gereicht. Wenn wir den Landjungen sahen, machten wir einen Bogen um ihn. Am Anfang hatte er wohl ein paar Groschen übrig, vielleicht hat auch eins der Mädchen ihm mal zur Nacht ein Bett geliehen. Haben ja nicht schlecht an ihm verdient, nicht schlechter als wir, und mit ihrem weichen Herzen. Er hatte also wohl noch etwas Brot und Wasser im Brunnen zum Trinken, lief herum und fragte nach Arbeit. Aber Männer, die nichts können und die keiner kennt, die gibt es viele. Mal gab es ein Tagwerk harte Arbeit, aber nie genug um länger über die Runden zu kommen. Und das Abfeiern auf Kosten anderer hatten wir ihm nie beigebracht.

Dann war wohl sein Beutel am Ende doch leer und der Schweinebauer, bei dem keiner arbeiten will, suchte mal wieder einen Knecht für die Schweine. Wer geht schon und arbeitet mit unreinen Tieren, wenn er noch seine Sinne beieinander hat? Unseren „Freund" muss der Hunger schon kräftig im Griff gehabt haben, er nahm die Arbeit und ging nun Tag für Tag hinaus mit den Viechern, um sie zu mästen. Aber wir wissen es ja alle, Landwirt, da hängt zu viel am Wetter. Und nach dem schlechten Wetter zahlten alle Landwirte immer weniger. Sie brauchten ja nicht so viele Männer, wenn ein Teil der Ernte im Regen verfault. Und je mehr Männer Brot und Arbeit suchen, desto billiger kriegt man sie. Ich hab da von Löhnen gehört, dafür stünde ich nie auf, geschweige denn, dass ich einen Finger rührte. Aber unser Freund ging mit seinen Schweinen tagein tagaus. Hab ihn schon mal gesehen von Weitem, aber er sah nicht gut aus – mager und schlecht gelaunt. Gut gegessen hat er dort nicht.

Die Küchenmagd hat es mir dann gestern erzählt. Er ist weg. Er hat den Schweinen das Futter aus dem Trog gestohlen und gegessen. Rausgeflogen ist er, hochkant. Verstehst du, wie man so tief fallen kann? Geschmeidig hätte der Junge werden müssen, hatte so viele gute Beispiele an uns. Geschmeidig und er hätte nie so eine billige Arbeit nehmen müssen. Aber er war halt ein Landei, brav und ehrlich bis auf die Knochen und nicht gemacht zu Lebensfreude und Bummelei.

Der verlorene Sohn

frei nach Lukas 15, 11ff

Ja ich arbeite schon lange hier, schon als die Jungen klein waren und das erste Mal mit zum Ziegenhüten gingen, war ich hier. Der Stille war schon immer so, fleißig, ziemlich ruhig, vorhersehbar und genügsam. Aber der Kleine, der wollte hoch hinaus, mit seinen Gedanken, mit seinem Leben. Wo ein fremdes Gesicht zu finden war, hatte er zu tun, wer aus anderen Orten kam, den hat er aufgesucht. Das war schon immer so, schon als er klein war. Dem Herrn hab ich schon gesagt: „ Pass auf, das wird Ärger geben, den Kleinen hältst du nicht."

Und richtig, kaum war er großjährig, schon redete er mit dem Vater über das Erbe. Ich weiß es, denn ich musste verkaufen gehen. Die Felder im Norden und ein gerüttelt Maß an Vieh, damit die Hälfte des Besitzes in klingender Münze da lag. Es war eine harte Zeit für den Herrn, morgens waren seine Augen oft rot, wenn sein Sohn wieder drängte. Aber er ließ sich nichts anmerken, teilte nur ehrlich alles, was er hatte und zahlte dem Kleinen dann sein Erbe aus. So schnell wie er das Geld hatte, so schnell nahm er Abschied und verschwand. Wir aber blieben zurück und taten die Arbeit. Der Stille und ich auf den Feldern, der Herr wo es sonst noch anfiel. Ruhig wurde es, das Lachen war weniger geworden auf dem Hof und auch wenn durchaus eine stille Zufriedenheit zu finden war, uns fehlte doch die neugierige Art des Kleinen.

Einige Jahre zogen ins Land, das Vieh wuchs und gedieh, die Felder standen prachtvoll. Die Tagelöhner arbeiteten gut in der Ernte und des Abends saßen wir in großer Runde an langen Tischen und alle griffen gleichermaßen in die Schüsseln und aßen sich satt. So hat es der Herr immer gehalten. Wer für ihn arbeitet, sitzt am selben Tisch und isst dasselbe Essen. Wer gut genug ist, den Abwassergraben neu auszuheben, ist auch gut genug, den Eintopf mit der Wurst mit ihm zu teilen und den guten Käse von unseren Ziegen. Der Stille war es zufrieden, ein wenig feierte er schon mal mit Freunden, aber immer im Rahmen und so, dass keine Arbeit liegen blieb.

Bis, ja bis zu jenem Tag, als der Herr das Lachen wieder lernte. Die Zeiten waren schlecht, es kamen viele als Tagelöhner vorbei, weil weiter herunter zur Stadt zu viel Regen die Ernte verdorben hatte. So blickte ich nur kurz auf, als wieder ein abgerissener Mann den langen Weg zum Haus hinauf schlurfte. Der Herr war oben, er mochte genauso gut sagen, ob er noch einen Mann brauchen könne. Der Herr sah den Neuankömmling und – ich schaute zweimal hin – eilte ihm entgegen. Das war mir wunderlich und ich ging herzu um zu schauen. Staubig und schmutzig, abgemagert, ungepflegt, so sah der Fremde aus. Er war auf die Knie gesunken und schaute den Herrn bittend an. Der aber hatte nichts Eiligeres, als ihn in die Arme zu reißen und lauthals zu jubeln.

Als ich näher kam, verstand ich: Es war der Kleine, zurückgekehrt, wohl ohne Geld, und er flehte seinen Vater um Arbeit als niedrigster Tagelöhner an. Der Vater aber konnte nicht von ihm lassen, hielt ihn und stammelte: „Mein Sohn lebt wieder." Als er mich entdeckte, schickte er mich zum Schlachten für ein Festmahl und ich eilte los, das gemästete Kalb zu holen, Kleidung und seinen Ring zu finden.

Wie es aussah, hatten wir die Rechnung ohne den Wirt gemacht, denn der Stille kam alsbald hinzu. Er hatte wohl das Geschrei und Gerenne gehört und er war – zum ersten Mal, seit ich ihn kannte – zornig. Er schrie seinen Vater an: „Undank!", „Warum ich nicht?", „Meine Freunde bekamen nie einen Braten, kein Zicklein, nichts! Dieser hat alles in der Fremde verschleudert! Mit Huren und in sinnlosen Festen!"

Der Vater aber legte ihm die Hand auf den Arm, er blickte ihm tief in die Augen und sprach: „Schau Kind, du bist immer bei mir und alles, was du um dich siehst ist dein, genau wie es mein ist. Er aber, dein Bruder war nicht nur in der Fremde, er war wie tot und jetzt haben wir ihn wieder. Ist das nicht ein Freudenfest wert?"

Verstanden habe ich sie alle drei. Den Stillen, der ein Unrecht gegen sich sah. Unseren Herren, der voll Glück mit brennenden Augen beide Söhne sah, gesund und bei ihm. Und den Kleinen, der voll Angst und Sorge zurückkam, als er ganz am Ende gewesen war. Was ich denke? Gebe Gott, der Kleine hat das Lachen nicht verlernt, dann werden wir hier wieder ein gutes Leben haben – wer auch den Hof besitzen mag von den Dreien.

Ein geiziger Bräutigam

Frei nach Johannes 2

He, noch ein Glas! Dir auch eins? Eins muss man sagen, schöne Hochzeit war das, hatte lang nicht mehr so viel Spaß. Auch wenn – was sagst Du? Der Wein schmeckt komisch. Bist nix Gutes gewohnt, der Wein ist toll! He, nuschel nicht so, so blau kannst Du nicht sein! Ja, du hast Recht. Hab ich mich auch gefragt ob der Bräutigam sich verrechnet hat. Aber er dachte wohl, er könnte bei seiner Hochzeit sparen.

Du musst das doch gemerkt haben! Fast ne Stunde gab es keinen Wein – aber viel Getuschel und Gefrage. Ich wollte ja schon gehen, Hochzeit ohne Wein, geht doch gar nicht. Was soll ich hier, wenn es nichts zu trinken gibt?

Dann hat die alte Frau mit dem Bediensteten geredet und dann kam ihr Sohn, dieser Zimmermann. Ja, der Große dort drüben. Der ist mit nach hinten gegangen zu den Fässern. Natürlich hab ich das gesehen, ganz genau. Gab doch sonst nix zu tun. Ich war satt und mein Becher mit dem billigen Fusel war schon lange leer. Dann kam auf einmal wieder jemand mit vollen Krügen und ich hab nur zu gern meinen Becher hingehalten. „Ordentlich voll, eh es wieder alle iss". „Nein", hat der Dienstmann gesagt, „Sechs große Krüge, vollgeschenkt!", und dann ist er durchgedreht. Sagt der doch „vollgeschenkt mit

Wasser". Na, das komische Wasser hab ich dann mal gleich probiert. Hat der Bräutigam den guten Wein wohl beiseite gestellt. Der war jetzt richtig gut, viel besser als der erste. Und deshalb bleib ich noch. Dir auch noch eins?

Der kranke Knabe

Frei nach Johannes 4,43ff

Statt bei seinem Sohn zu bleiben, ihm die heiße Stirn zu kühlen und mit ihm zu reden, musste er weg, der hohe Herr. Die Amme hatte noch erzählt, er sei krank vor Sorge und Leid. Aber wir anderen dachten nur an die zusätzliche Arbeit, wenn das Kind sich im Fieber wälzt. Etwas kühles Wasser zum Trinken zur Hand und noch mehr, um ihn zu waschen und abzukühlen. Schlecht ging es dem Knaben und keiner von uns rechnete damit, dass er am nächsten Morgen noch leben würde, so glühte das Fieber in ihm.

Aber der Vater, dieser hohe Herr, der ließ ihn allein. Hielt nicht seine Hand, sprach ihm nicht gut zu. Wenn er zum Dienst muss, schön und gut, aber danach sollte ein sterbenskranker Sohn einen Mann in seinem Haus halten. Aber der Herr zog los, eilig und ließ uns nur die nötigsten Anweisungen. Der Knecht, der mit ihm zog, hat uns dann erzählt, wie sie geeilt waren, den Wunderheiler und Prediger zu finden und wie er mit Mühe nur ein Gespräch mit ihm finden konnte.

Wir aber legten dem Jungen kalte Tücher um die Beine und hofften und beteten. Und als wir schon nichts mehr zu hoffen wagten, weil das Fieber ihn schon lange verbrannte haben müsste, da fing es an zu fallen. Er schwitzte kaum noch, die Haut wurde kühler und nach einer kleinen Weile schlug er die Augen auf und fragte nach Wasser. Eine Magd holte warme Suppe und auch die aß er mit Freude. Da gab es für uns kein Halten und ich ging los, dem Herrn entgegen, ihm die freudige Nachricht zu bringen. Nicht ganz auf halber Strecke fanden wir uns und als wir überschwänglich von der Gesundung sprachen, da war die erste Frage des Herrn nach der Zeit, zu der es dem Jungen besser gegangen sei.

Er habe gebettelt bei diesem Jesus, dass er ihn begleiten möge, um sein Kind zu retten, erzählte er uns. Aber Jesus wollte die Reise nicht machen. Aber nach dem Glauben unseres Herrn habe er gefragt und dann versprochen, das Kind würde gesund. Ganz ohne die Hände des Heilers, nur aus der Ferne. Wenn wir so die Wegstrecke sahen, die beide Seiten gereist waren und die Zeit, die bei uns für das Wasser und die Suppe noch vergangen waren, so muss es wohl dieselbe Zeit gewesen sein, zu der Jesus versprach und der Junge sich regte. Sprachlos war ich ob dieses Wunders, als ich es hörte und blass, wenn ich dachte wie viel weniger der Herr am Bett seines Knaben hätte helfen können.

Der Gelähmte am Teich

Frei nach Johannes 5

Lange, lange Jahre wohnte ich dort. Glaubt man nicht, wenn man mich so sieht, oder? Elend war das Leben da und ein kleines wenig Hoffnung. Wir lebten in den Krankenzimmern rund um das heilende Wasser. Sie gaben uns Brot und was sonst noch unbedingt nötig ist zum Leben ist. Wir hatten ein Lager zum Schlafen und mussten nicht hinaus uns mit den Hunden um die Knochen streiten oder nach Almosen schreien.

Nur die ganz schweren Fälle durften bleiben. Da war meine Lähmung gerade recht. Und wie alle anderen begab ich mich jeden Tag an das Wasser und wartete, dass es emporstieg. Man sagte, der erste, der dann in das Wasser steige, sei geheilt. Aber wie sollte, wie konnte ich jemals der erste sein?

Meine Beine halfen nicht mehr als ein Stück Holz, das unnütz am Körper baumelt. Meine Arme waren zwar kräftiger geworden, aber nicht so kräftig, mich und die unnützen Beine wirklich zu tragen. Ich begab mich zu dem Wasser, heute klingt das wie 3 Schritte und hoppla hier bin ich. Damals war es ein Ziehen und Schieben. Hier und da waren Stricke wie ein Geländer festgemacht. Da hab ich dann Hand über Hand gegriffen und mich langsam herangezogen. Ich denke, es dauerte Stunden bis ich dort war. Egal wie früh ich mich von meinem Lager quälte, nie lag ich neben dem Wasser, wo ich mich nur hätte hineinrollen lassen können. Ich lag auf meiner Matte, die mein Bett war und mein Wagen, wenn ich mich darauf an den Platz zog. Das Beten hatte ich schon fast aufgegeben nach 38 Jahren in diesem Elend.

Es muss Sabbat gewesen sein, auch das Zählen verlernte ich in den langen Jahren. Dieser Wanderprediger, dieser Jesus war in der Stadt. Aber ich gab nicht mehr darauf, als auf alle anderen Prediger und Wunderheiler, die gekommen und gegangen waren. Es war nie ein Unterschied für mich geworden, für mich nicht und für die Männer rechts und links von mir auch nicht.

Da stand er auf einmal vor mir und redete und fragte. Er sprach mit mir, wie man mit einem Mann spricht, nicht mit einem Krüppel. Ich wusste da noch nicht, wer es war, sah nur, dass er mich ernst nahm und antwortete in Ruhe. Ich nahm ihn ernst, weil er mich ernst nahm, denke ich. Denn ich kann mich nicht erinnern, warum ich ihm glaubte. Als er mich fragte, ob ich gesund werden wolle, erklärte ich ihm in Ruhe, warum ich nicht zum Wasser käme, nie früh genug in all den Jahren.

Steh auf, sagte er da, nimm dein Bett und geh. Und ich fragte nichts und sagte nichts und weiß nicht warum. Ich nahm die Matte und stand und ging. Und meine Beine gingen nicht wie bei einem Mann, der fast 40 Jahre gelegen hat, sie gingen, als hätte ich nur grad ein Stündchen gerastet.

Ich schaute nicht rechts noch links, fragte nicht, sondern ging nur auf geradem Weg aus dem Hospital hinaus. Hinaus auf die Straße, wieder einmal Menschen sehen, die gesund waren und gehen, so wie ich wieder ging. Fröhlich trug ich meine Matte, wie ich so staunend hinaus trat. Den ersten habe ich gar nicht gehört, der zweite aber packte meinen Arm und sagte Sabbat. Und als ich nicht verstand, was er meinte, zeigte er auf meine Bettmatte: „ Am Sabbat darfst du dies nicht tragen."

Da kam er mir gerade recht. „Darf ich nicht? Aber, der Mann, der mich geheilt hat, trug es mir auf! Das gilt mir mehr." Sie drangen in mich und ich konnte ihnen doch nicht sagen, wer es gewesen war. Hatte den Mann niemals vorher gesehen. So ließen sie mich denn, als sie verstanden, dass ich einfach nicht helfen konnte. Erst später, als ich Jesus im Tempel wieder traf, da konnte ich hernach Auskunft geben. Was aus der Frage des Sabbat geworden ist? Mir alles Recht, Hauptsache meine Beine tragen mich wieder. Was dieser Jesus mir gesagt hat im Tempel, ich solle gottgefällig leben, das ist schon Recht so, da tue ich mein Bestes. Aber ob er mich an jenem Tag nicht hätte heilen sollen. Wie du dir denken kannst, bin ich da ganz anderer Meinung.

Das glaube ich nicht!

Frei nach Johannes 11

Wie sich die Beiden jetzt wichtig nehmen. Ist ja nicht mit anzusehen. Und am Ende ist es doch wieder nur eine große Lüge, ein dummes Schauspiel. Tot soll er gewesen sein, ihr Bruder. Tot, hat schon im Grab gelegen und garantiert schon gestunken. Und nun sieh hin, wen siehst du dort sitzen, fröhlich und bei bester Gesundheit? Eben!

Befreundet sind sie mit diesem Jesus, dem Wanderprediger. Hab ihn schon das eine oder andere Mal dort sitzen sehen, essen, trinken und reden, wenn er auf seinen Reisen hier nach Betanien kam. Lazarus war krank, das glaub ich schon. Er lag auf Leben und Tod, auch das hab ich gesehen und die anderen Nachbarn auch. Aber er wär nicht der erste, der das Leben wählt, wenn er auf dieser Schwelle landet.

Die Schwestern haben wohl Boten an Jesus geschickt. Der Junge, der die Nachricht überbracht hat, hat es einmal erzählt. Gebeten hatten sie, er solle kommen und heilen. Aber er wimmelte den Jungen ab wie ein lästiges Insekt. Seine Lehren und seine Reden waren ihm wohl wichtiger als der Freund. Krankheit nicht auf den Tod – das soll er gesagt haben, des konnte der Junge sich noch erinnern.

Tage vergingen, die Schwestern klagten von Tag zu Tag mehr und eines Tages hieß es, verstorben sei

Lazarus. Ins Familiengrab brachten sie ihn und wälzten die Steine davor, so haben es die Schwestern im ganzen Ort erzählt.

Dann aber kam Jesus und das peinliche Schauspiel ging los. „Warum kamst du nicht früher? Wärest du hier gewesen, niemals wäre er...." Sie bedrängten ihn, dass man das Geschrei bis auf diese Straße hören konnte. Jesu Stimme war ruhig. Er redete von Auferstehung, aber die Schwestern wollten nichts von den letzten Tagen hören. Sie feilschten wie die Marktweiber, ihr ganzes vornehmes, bescheidenes Getue hörte ich an dem Tag nicht. Jesus aber fragte: „Glaubst Du?" Und Martas Antwort war kein Geschrei und kein Lärm, sondern ganz leise und ruhig. Ich hab es nicht gehört, aber es muss Jesus gefallen haben, was sie sagte. Sie waren noch draußen vor dem Dorf, als sie das sagten, aber ich hatte meine Ziegen in der Nähe und so habe ich alles gehört.

Sie sind dann wohl ins Haus gegangen zu den Trauergästen und mit allen diesen weiter zum Grab, sagt man. Aber das glaube ich nicht, denn sie sagen auch: Lazarus war ganz sicher tot und er stank und seine Binden an Armen und Beinen waren wie bei einem Toten, der schon ein wenig im Grab lag. Jesus habe ihn gerufen, laut, nachdem der Stein zur Seite gerollt war. Aber das glaub ich nicht! Dann sei er hinausgegangen, auf eigenen Füßen. Aber das glaube ich nicht! Oder doch, dass er kam und selbst ging schon, er sitzt ja da und seine Schwestern verwöhnen ihn und der halbe Ort. Aber er kann niemals tot gewesen sein. Das glaube ich nun wirklich nicht!

Nur eine Sandbank?

Matth14, 22ff

Zuviel Arbeit und zu wenig Schlaf trüben das Gemüt mehr als ein Krug Wein zu viel heißt es. Ihr mögt mir glauben oder nicht, aber an jenem Tage war es keines von beiden. Auch wenn ich manchmal hoffte, es wäre nach einem langen harten Arbeitstag und vielen Krügen Wein geschehen. Dann könnte ich mir sagen, sei es drum, kein Schlaf oder sei es drum, viel Wein und alles wäre einfach.

Ich bin ein vernünftiger Mann, sagt man, und ich glaube nur das, was meine Augen sehen und meine Ohren hören. Bin noch nicht so alt, dass ich Zauberwesen im Gebälk höre und nicht mehr so jung, dass ich an sie glauben kann und dennoch: ich kann mir das Hirn zermartern wie ich will. Bin auch viele Male dort gewesen und habe geschaut, ob dort eine Sandbank sei, die ich nicht kannte. Aber, so einfach war es dann doch nicht….

Nah am Land wollte ich fischen, denn der Wind stand mir kräftig entgegen und mein Boot ist nur für einen Ruderer gemacht. Weit draußen kämpfte ein Boot mit Wind und Wellen. Es querte wohl die See und war vom Wetter überrascht worden. Das Boot war zu weit weg, als dass ich ihnen eine Hilfe hätte sein können, zum Glück auch zu weit, als dass seine Seenot mir zur Gefahr werden konnte. Ich schaute also nicht zu gespannt auf das Schiff, ob es das Wetter meistern könne. Als ich aus den Augenwinkeln einen Schatten auf das Schiff zukommen sah, war mir das nicht wichtig – erst als ich erkannte, dass auf dem Wasser ein Mann entlang schritt, ruhig, wie auf einer ebenen Straße, rieb ich mir die Augen und schaute ein zweites Mal.

Zur gleichen Zeit schien das Wetter ausgehend von dem Manne ruhig zu werden. Die Wellen schlugen kaum noch empor und der Wind beruhigte sich. Die Männer im Boot standen ihm entgegen und erwarteten ihn, ganz ruhig, als würden sie alle Tage einen Mann über das Wasser gehen sehen. Einer von ihnen stieg sogar auf die Reling, setzte seine Füße auf das Wasser, als ob er ihm entgegen gehen wolle. Aber die Sandbank oder was auch immer den Fremden auf dem Wasser trug, war wohl weiter draußen uneben, er ging nur wenige Schritte, sah dann auf den Sturm in der Ferne und beim nächsten Schritt war nichts Festes unter seinem Fuß.

Der erste aber war fast herangekommen und schritt immer noch leichtfüßig aus. Er reichte dem Versinkenden die Hand und sagte traurig: „Ist Dein Glaube so schwach?" Laut war die Stimme nicht, aber der Wind so leise, dass ich sie hören konnte. Gemeinsam Hand in Hand gingen die beiden zum Boot, stiegen ein und alle Männer an Bord fielen vor ihm nieder.

Danach nahm das Boot Fahrt auf und fuhr seinem Ziel entgegen. Ich aber versuchte mir die Stelle zu merken, wo dort eine neue Sandbank entstanden sein musste, fuhr auch etliche Male hinaus. Aber jedes Mal war das Wasser so viele Faden tief, dass niemand darauf hätte laufen können. Ja nicht einmal ein starker Wind hätte eine Sandbank so schnell so tief wieder abtragen können.

Keinen Wein hatte ich an jenem Tag, vorher keinen und hinterher auch nicht. Die Zeichen des Wassers und des Wetters kann ich gut lesen, dachte ich immer. Aber ein Wetter, das so schnell wieder geht und eine Sandbank so groß, die ohne Sturm verschwindet – all das habe ich vorher und nachher nie wieder gesehen. Man sagt, jener sei Gottes Sohn und es sei ein Wunder. Aber noch bin ich nicht alt genug, um auf Märchen zu hören und nicht mehr jung genug, um sie zu glauben.

Welch ein Skandal

(frei nach Matthäus 26, 6ff)

Habt ihr schon von dem Skandal gehört? Ist das nicht furchtbar? Ach ihr wisst noch gar nichts davon, was sich letztens im Haus des Simon zugetragen hat? Ihr wart nicht dabei? Nun, ehrlich gesagt, ich selbst auch nicht, aber meine Schwester, die hilft dem Koch dort, und wenn Besuch da ist, dann hilft und bedient sie auch schon einmal.

Der Simon, das ist ja so ein feiner Mann, ein Gelehrter, ein Pharisäer, der weiß genau, was geschrieben steht und was sich gehört. Der kennt das Gesetz ganz genau, von vorn und von hinten und ist ungeheuer wichtig,

aber auch herzensgut und neugierig im guten Sinne. Wenn ein neuer Lehrer oder Wanderprediger unterwegs ist, den hört er sich immer erst einmal an. „Sind oft gute Männer darunter", sagt er, „die wohl wissen, wie man das Wort auslegt und die Gebote erklärt." „Mancher weiß da wohl, was er zu sagen hat", sagt Simon. Aber er schaut natürlich genau, dass diese Männer nichts Falsches lehren. Wenn er einen von denen einlädt, dann ist das ganz was Besonderes, das passiert nicht so oft.

Als er also letztens bei seiner Feier diesen komischen Wanderprediger eingeladen hat, da konnte der sich schon was drauf einbilden. Da muss er doch viel Gutes und Richtiges gesagt haben und meine Schwester erzählte, er wäre sogar fast ein Prophet, weil er doch auch schon Menschen geheilt habe.

Dieser Jesus war also bei Simon zum Essen eingeladen, und sie waren gerade mit den anderen Gästen bei Tisch, als es einen riesigen Wirbel gab. Meine Schwester hatte gerade ein paar Krüge Wein hereingebracht, sie hat es genau gesehen, wie doch tatsächlich dieses, dieses billige Weib, diese käufliche Frau auf einmal hinter diesem Jesus stand.

Dann fiel sie auch noch vor ihm auf den Boden, weinte auf seine Füße. Und ihr Haar, man stelle sich das vor, trug sie wirklich offen vor den Männern. Und als sie ihm die Füße richtig vollgeheult hatte, trocknete sie diese mit den offenen langen Haaren ab. Jeder anständige Mann wäre aufgesprungen und hätte sie weggeschickt. Fort, du unreine Frau, fort, du lasterhaftes Weib, wie es sich gehört. Aber Jesus blieb am Tisch, auch als sie ein Gefäß zerbrach und begann ihm die Füße mit Öl zu salben. Als Prophet musste er doch wissen, was das für eine war!

Meine Schwester sagte, Simon habe ausgesehen, als ob der Hund etwas vom Müllhaufen auf den Tisch geschleppt hätte vor den Gästen.

Jesus aber sah wohl, was Simon fühlte, scheuchte die Dirne aber immer noch nicht fort. Stattdessen fing er umständlich an eine Geschichte zu erzählen.

Von zwei Männern, die einem Geldverleiher Geld schulden und nicht zahlen können und wie der Geldverleiher ihnen das Geld schenkt, dem einen 500, dem anderen 50 Denare. Und dieser Jesus fragt Simon, wer wohl dankbarer wäre.

Simon antwortete dann auch ganz logisch, der, dem mehr erlassen wurde und Jesus musste dann ein Lehrstück daraus machen, als ob Simon ein kleiner Schüler wäre, der noch etwas lernen sollte und nicht ein weiser und gelehrter Mann!

Ja, dieser Jesus zeigte nicht einen Funken Dankbarkeit für die großzügige Einladung, stattdessen fing er an Simon zu kritisieren. Also wenn das mein Gast gewesen wäre, der wäre hochkant aus meiner Wohnung geflogen. Nörgelt der rum: „ Du hast meine Füße nicht gewaschen und mein Haupt nicht geölt. Die aber hat es viel besser gemacht, mit Tränen die Füße gewaschen, mit den Haaren getrocknet und nicht mein Haupt, sondern die Füße geölt. Du hast mich nicht geküsst, sie hat mir die Füße geküsst."

Als ob es darum ginge, was wer für ihn getan hat.

Simon ist wichtig, der hat das nicht nötig, der tut schon, was das Gesetz sagt, dem muss das keiner sagen. Aber diese Dirne, die weiß nicht, was Anstand ist, die hat nichts zu suchen bei den Gebildeten und den feinen Leuten, die gehört raus auf die Straße, in die Gosse, was will die dort!

Aber dann wurde es ganz komisch, hat meine Schwester erzählt.

Dann erzählte Jesus davon, wie viel Liebe die Frau zu verschenken habe, weil ihr so viel Schuld zu vergeben war und wie wenig Simon – und er vergab ihr die Sünden, hat man so was schon mal gehört? Ist der Gott, dass er Sünden vergibt? Jetzt schickte er die Frau weg, mit einem Gruß der Liebe und des Friedens.

Habt ihr so etwas schon einmal gehört, so ein Skandal aber auch…

Beten

(frei nach Lukas 18, 9ff)

Hundertmal hatte ich es schon gehört, hundertmal hatte ich es schon selbst getan. Dort im Tempel gestanden, wo sie alle stehen, getan, was alle tun. So wie es das Gesetz sagt, so wie es recht ist.

Man muss ja nur die Schrift lesen, da steht es ja ganz genau. Dafür gibt es doch Regeln. Es steht geschrieben, wie wir beten sollen, es steht geschrieben, wann wir fasten sollen und wie es mit den Almosen ist. Jeder, der lesen kann, weiß, wie es geht. Jeder, der zum Beten kommt, kann es bei den Anderen abgucken, es ist ganz einfach. Feste Regeln, feste Vorgaben, dann weiß jeder, wo sein Platz ist, wo er hingehört und was seine Aufgabe ist. Nur das und nicht der neumodische Kram, alles anders zu machen.

Wenn jeder sich eigene Regeln ausdenkt, dann entsteht nur Chaos, wenn jeder denkt, er könnte dabei sein, entsteht nur Unruhe. Es soll so gemacht werden, wie es immer war. Es soll so gebetet werden, wie das immer geschah und nur das ist richtig.

Wer sich daran hält, liegt richtig, wer das tut, handelt Recht. Wer so ist, der mag sich mit Recht besser fühlen, als alle diese, die zu schwach sind den richtigen Weg zu gehen, die, die sich nicht an die Regeln und Gebote halten.

Natürlich bin ich besser als jene – sie hatten doch die Wahl oder hat sie jemand gezwungen, es anders zu machen als ich?

Also selber schuld, wie sie da stehen im Gebet, schuldbewusst, klein, gebrochen, statt wie ich aufrecht und gerade. So habe ich es immer gehalten und so war es richtig!

Dann aber komme ich und höre diesen Wanderprediger, wie er mit der Menge spricht. Er beschreibt einen aufrechten Mann, so wie mich, und ich sehe mich wohlgefällig um, ob mich jemand erkannt hat und versteht, dass von mir die Rede ist.

Aber dann packt mich das Grausen, dann spricht dieser Gottlose von den Sündern, den Außenseitern, denen, die sich nicht an Regeln halten. Er erzählt von den Niedergedrückten und ihrem Gestammel, das er Gebet nennt. Er spricht von dem wahnsinnigen Geseufze, dieser Sprachlosigkeit und nennt sie gerecht. Er sagt: „Jene Sünder gehen nach ihrem Gestammel gerechtfertigt aus dem Tempel, Männer wie ich aber nicht."

Eine Schande für alle Gerechten dieser Prediger!

Krankheit in der Fremde

(frei nach Lukas 17, 11-19)

Es ist jetzt schon eine Zeit her. Wir sind zusammen unterwegs übers Land, zehn Männer, neun aus Israel und ich aus Samaria. Aber das spielt ja auch keine Rolle mehr. Wir sind krank, ausgestoßen, unrein, wir haben Aussatz, eine Krankheit - lebenslänglich, und auch das dauert meist nicht lange. Heilung, die gibt es nicht bei Aussatz.

Eine Krankheit, bei der wir bei lebendigem Leibe verfaulen, erst weiße Zeichen auf der Haut, man wird als unrein erkannt und ausgestoßen und zieht umher - und es wird immer schlimmer. Ich habe immer weniger Gefühl in den Fingern und Zehen, keine Hitze, keine Kälte, kein Schmerz, wenn ich irgendwo anstoße. Danach löst sich alles irgendwie auf, ich weiß nicht wie, aber viele von uns haben nicht mehr alle Finger, die Zehen, die Nase, eine Hand, ein Fuß fehlt. Viele von uns sehen sehr schlimm aus.

Das ist eine Krankheit, sage ich euch, nichts tut weh, aber wir haben alle Angst, was die Krankheit aus uns macht.

Aber das Körperliche ist gar nicht mal das Schlimmste, wir sind ausgestoßen. Wir dürfen nicht überall hin, nicht in die Städte, nur aufs Land und in die Dörfer. Und wenn wir einen Gesunden sehen, machen wir Lärm und rufen „Unrein, unrein!", damit sich niemand aus Versehen nähert. Das ist schlimm! Wir sind immer unterwegs, nirgendwo können wir bleiben. Wir leben von dem, was die Menschen uns mildtätig rausstellen, aber keiner redet mit uns, keiner kommt uns nah.

Wir sehen unsere Familien nicht, unsere Eltern, Frauen, Kinder, Freunde - alle Menschen, die wir lieb haben, sind ganz weit weg von uns. Aber nicht nur das - wir können nicht in den Tempel und zu keinem gemeinsamen Gebet, können Gott nicht mit den anderen anrufen.

Was so geschieht im Land, manchmal hört einer von uns einen Gesprächsfetzen von fern, und von diesem Jesus und seinen Wundern hatten wir auch schon gehört. Jesus, das wussten wir, war von Gott gesegnet, der konnte heilen, Menschen heilen, die keine Hoffnung mehr hatten.

Und dann sahen wir ihn - ich weiß auch nicht mehr, wie es über uns kam...

Wir sahen ihn und gingen zu ihm hin, so nah wir gerade noch durften. Da standen wir und hörten, was er sagte und riefen - aber nicht unrein, unrein - sondern, wie aus einem Munde: "Jesu, lieber Meister, erbarm dich unser"

Ich weiß nicht mehr, wie das über uns kam, ich bin richtig erschrocken dabei und ich glaub, die anderen auch, und Jesus, Jesus schickte uns weg "Geht hin und zeigt euch den Priestern".

Wir waren noch ganz genauso krank, es hatte sich nichts geändert, aber unsere Herzen waren voll Hoffnung. Und wir liefen, wir rannten los nach Jerusalem.

Aussätzige, die krank sind, dürfen da nicht hin, aber Aussätzige, die gesund geworden sind, müssen nach Jerusalem, müssen sich den Priestern zeigen, damit die entscheiden, entscheiden, dass wir jetzt rein sind! Wir sahen noch genauso aus, genauso krank, und wir wussten, wenn wir krank dort hinkommen, gibt es Ärger. Aber wir haben nicht gezweifelt, wir glaubten, wir wussten, und während wir liefen, wurden wir wirklich rein.... Die Priester sahen das genauso, sprachen uns rein und heil.

Gesund - wieder aufgenommen in die Gemeinschaft. Wieder zurück zu den Menschen, die wir lieb haben, wieder Mensch sein und nicht aussätzig, unrein, Abfall.

Wir waren so glücklich!

Wir hatten wieder angefangen zu leben - und so trennten wir uns. Wir brauchten uns nicht mehr gegenseitig, wir hatten alle Menschen zurück. In dem Moment hatten wir alle nichts Eiligeres zu tun, als nach Hause zu eilen, zur Familie, zu den Freunden....

Am Tisch sitzen neben Menschen, mit ihnen essen und trinken, lachen und sich freuen. Einen Freund in den Arm nehmen, mit einem Kind spielen, keine Angst haben, wenn Menschen kommen.

Sehen wie es den Eltern geht und Frau und Kindern, sich wieder um die Familie kümmern und nicht mehr nutzlos sein. Wieder arbeiten können und dazu gehören. Zu Hause sein, dazu gehören, mit allem Guten und Schönen, mit aller Arbeit und Mühe, wie herrlich, wie schön.

Deshalb hatten wir es jetzt eilig - nach Hause zu kommen, all das nachzuholen, die verlorenen Monate und Jahre. Ein ganzes Leben hatten wir gewonnen, keiner von uns hatte daran gedacht, daran geglaubt und darauf gehofft.

Ein ganzes Leben, verloren und jetzt wieder bekommen. Das Geschenk war einfach zu groß, um es zu fassen und zu begreifen - ich bin zurückgerannt zurück zu Jesus.

Auf dem Weg lobte ich Gott bei jedem Schritt und dankte ihm, dass er mich geheilt hatte. Vor Jesus fiel ich dann nieder und hatte kaum die Stimme ihm zu danken. Jesus war überrascht und fragte mich:

„Waren es nicht zehn, die rein geworden sind, wo sind die anderen neun? Hat sich sonst keiner gefunden, der wieder umkehrte und gäbe Gott die Ehre als dieser Fremdling."

Und er sprach zu mir: „Stehe auf, gehe hin, dein Glaube hat dir geholfen." Das habe ich nicht verstanden, nicht in dem Moment, erst später zu Hause. Das war das größere Wunder, weiß ich heute. Gott hat uns allen zehn durch Jesus das Leben hier neu geschenkt, ein neues Leben, eine Zukunft. Wenn ich mein ganzes Leben danken würde und Gott loben würde, wäre das nicht genug.

Als ich das zweite Mal bei Jesus war, hat er mir nicht nur das Leben hier zurück gegeben, er hat mir die Augen geöffnet für die große Gnade, die Gott in meinem Leben wirkt, immer noch wirkt jeden Tag. Gott nimmt mich in seiner Gnade auf, mich den Fremden, der krank war und es dennoch gewagt hat, einfach um Hilfe zu bitten. Ich gehöre zu Gott, jeden Tag neu, und Gott gibt mir jeden Tag neu mein Leben.

Jeden Tag im Leben geschieht durch Gott so viel für mich, dass ich den ganzen Tag Gott danken und ihn loben könnte, es wäre nicht genug.

Gott schenkt so viel und hat mir auch, als ich krank war, schon so viel geschenkt - ein ganzes Leben nur Dank ist nicht genug.

FRAUEN AM BRUNNEN

(frei nach Matthäus 15, 21ff)

Hast du schon gehört? Dass sie sich nicht schämt! Ruft diesem Jesus einfach hinterher. Einfach schamlos! Und sie ist gar nicht von hier. Sie sollte es doch wissen: Es steht geschrieben haltet euch fern von den Kanaanitern.

Ach, du hattest noch gar nichts davon gehört - dann erzähl ich am besten von Anfang an.

Dieser Jesus, der war mit seinen Leuten hier in der Gegend und eine der Kanaaniterinnen, die hatte schon lange eine kranke Tochter. Keiner wusste so genau, was ihr fehlte, und manche haben gesagt, sie wäre besessen. Statt dass diese Frau sich dann hinsetzt und zu ihren Göttern betet, nein, sie rennt los, um sich mit Gewalt Hilfe zu beschaffen.

Nimmt nicht mal Rücksicht darauf, dass Jesus sich erholen wollte, nein, sie rennt los und schreit hinter ihm her. Sie hat gebrüllt, dass man es drei Orte weit gehört hat. Habt Erbarmen mit mir, Herr, Du Sohn Davids. Meine Tochter wird von einem Dämon gequält.

Was hat sie mit dem Sohn Davids schaffen? Als ob sie an Gott glauben würden. Sie ist doch keine von uns, keine Jüdin.

Jesus tat auch das einzig Vernünftige - er hat sie nicht beachtet. Aber den Jüngern ging sie schon ziemlich auf die Nerven. Und als sie weiter und weiter schrie, sprachen sie Jesus deswegen an. „Wenn Du hier hilfst, dann schreit sie nicht mehr und stört uns nicht mehr", sagten sie. „Nein", sagte Jesus, „ich bin zu dem Haus Israel gesandt, zu denen, die dort verloren sind." Sie ist immer noch nicht weggegangen, nein, sie sprach ihn sogar direkt an. Sie ließ sich den Boden fallen vor ihm und bat um Hilfe.

Sie hatte es also immer noch nicht verstanden. Also hat Jesus es ihr erklärt. „Sieh mal, wenn ich dir jetzt helfe und nicht denen, zu denen ich geschickt bin, das ist so, als ob die Kinder am Tisch sitzen, hungrig, und dann nimmt man die Schüsseln und stellt sie auf den Boden, damit die Hunde zu fressen haben."

Sie hatte immer noch nicht aufgegeben, ist nicht gegangen, nein, sie wurde fast unverschämt. Sie sagte: „Ja, Herr, das stimmt schon. Keiner will die Schüsseln auf den Boden stellen. Aber es fällt etwas herunter oder die Kinder werfen auch schon mal etwas hinunter und die Hunde haben zu fressen."

Und Jesus hat ja so ein weiches Herz, obwohl diese Frau eine Fremde war, zu der er nicht geschickt war! Er sah sie an und sagte: „Frau, dein Glaube ist groß. Was du willst, soll geschehen!" Und genau dann war die Tochter gesund. Aber trotzdem unverschämt war es schon!

Meinst du wirklich? Sieh mal, so wie du mir gerade die Geschichte erzählt hast finde ich es nicht unverschämt. Was hättest du denn getan, wenn dein Sohn krank geworden wäre? Ich habe mich am Anfang eher gefragt, warum Jesus sich solange geziert hat. Warum er sie nicht einfach sofort geheilt hat. Aber ich glaube, das habe ich gerade dadurch verstanden, wie du mir die Geschichte erzählt hast. Wenn er sie einfach geheilt hätte, hätte es keinen interessiert, woher die Frau kam.

Aber jetzt werden sich viele darüber aufregen, dass eine Frau aus Kanaan so dreist war.

Was Recht ist...

(frei nach Johannes 8, 1-11)

Und trotzdem, Gesetz ist Gesetz, was Recht ist muss Recht bleiben. Wo kommen wir denn da hin, wenn jeder tut, was er möchte, wenn jeder sich das Gesetz auslegt, wie es ihm oder ihr gerade gefällt? Ja, ich habe auch dort gestanden; ja, ich hatte auch einen Stein in der Hand und ich hätte ihn auch geworfen. So sagt es das Gesetz, so haben wir es immer gemacht und so sollte es auch bleiben. Dann weiß ein jeder, woran er ist und kann sich ausrechnen, was ihm für seine Fehler blüht.

Nun, im Nachhinein betrachtet, wollten sie ihm wahrscheinlich eins auswischen – die Schriftgelehrten und die Pharisäer meine ich – sie wollten, dass er sich selbst reingelegt. In der Situation hatte er ja eigentlich nur zwei Möglichkeiten: Entweder sagte er ja und alles bleibt, wie es ist, und er bestätigt die Schriftgelehrten in dem, was sie tun auch für die Zukunft oder er sagt nein und stellt sich damit gegen das Gesetz und sich selbst ins Abseits.

So eine Frau, die fremden Männern schöne Augen macht, so eine Frau, der auch die Ehe nicht heilig ist, die bringt doch nur Unfrieden und Unruhe. Die muss man früh in die Schranken verweisen, hart, aber gerecht. Wenn er einfach gesagt hätte, ist gut, schont sie, das hätte einen Aufruhr gegeben.

Aber er stellte sich einfach nur hin, malte in den Sand und schwieg. Wir standen darum herum, ordentlich wütend, erst auf die Frau und dann auf ihn, wie er im Sand herumgespielte. Die Wut musste irgendwie raus, einen Stein zu werfen wäre das Leichteste gewesen.

Also drängten wir ihn zu einer Antwort und er sagte nicht ja oder nein, nicht „tut es" oder „lasst es"; er sagte: „Wer ohne Sünde ist, werfe zuerst den Stein auf sie." Ich sah auf den Boden und wartete auf den ersten Stein. Ich konnte nicht werfen, am Morgen noch hatte ich meine Nachbarin angelogen, weil ich keine Lust hatte, ihr zur Hand zu gehen und meinen Mann habe ich angeschrien, das ist auch nicht recht.

Ich hörte Steine, aber keinen, der geworfen wurde, ich hörte Steine, die zu Boden fielen und leise Schritte, die weggingen. Und als ich hoch sah, da war der Platz fast leer, eine Hand voll Menschen, die sich umschauten und keiner trug einen Stein.

Er schrieb wieder in den Boden und die Frau stand daneben und da gingen wir auch langsam weg und im Gehen hörte ich noch, wie er die Frau fragte, ob sie denn keiner verurteilt habe. Und als sie verneinte, schickte er sie weg ohne Strafe. Aber er sagte ihr noch: „Sündige nicht mehr!" Dieser Satz klingt auch mir heute noch im Ohr.

In meinem Lokal

(frei nach Matthäus 26, 17ff)

Hektisch war es, wie immer an den großen Festen, und ich hatte gut zu tun. Den ganzen Abend sind wir mehr gerannt als gegangen und ganz sicher tat mir wieder am Abend jeder Knochen im Leib weh. Weinkrüge haben es in sich und auch Brot und Fleisch werden nicht leichter im Laufe eines langen Abends.

Zu mir sind sie immer gern gekommen, mein Haus hatte nicht nur die große Gaststube wie andere Schenken, wo es laut is, und man an Feiertagen das eigene Wort nicht hört, nein, wir hatten auch kleinere Räume, wo eine Gruppe das Mahl einnehmen und wichtige Gespräche führen kann.

Den Raum für dreizehn Männer hatten sie bestellt, Lamm, Brot und Wein werden sie wohl gegessen haben, das aßen an den Tagen eigentlich alle, die sich mehr als Brot leisten konnten.

Wie es war, als sie hereinkamen, weiß ich nicht mehr, nicht einmal, ob ich sie selbst in ihren Raum gebracht habe. Ich erinnere mich nur, wie ich irgendwann, nachdem ich wieder Wein hereingebracht habe, diese Gruppe nicht aus meinem Kopf herausbekam.

Als ob da nicht genug Eigenes gewesen wäre, im Kopf meine ich, und nicht genug Laufen und Tragen. Aber diese Männer hatten schon etwas an sich. Nicht so sehr die Freude über ein Festmahl und einen Feiertag wie alle anderen, die bei mir saßen, nein, sie hatten eine andere Stimmung in ihrem Raum als in allen anderen Räumen, ja, ich denke, das sagt es am besten.

Der eine, dem alle zuhörten, wenn er sprach, war anfangs sehr still, aber wenn er den Mund aufmachte, schwiegen alle. Er wirkte nachdenklich, auf den ersten Blick auch traurig, aber auch irgendwie als ob er im Raum säße und doch nicht da wäre. Genauer kann ich es nicht beschreiben. Dann war da so ein breitschultriger, bestimmt ein Fischer, der führte eine laute Rede, aber auch nicht so, als ob er sich wichtig nähme. Sie waren sich alle sehr nahe, fast wie eine Familie, aber mit einem voll Schwermut dazwischen, als ob es eine Trauerfeier sei.

Dann war da natürlich der Tumult, wie es die Nachbarn nannten. Aber bevor der eine von ihnen hinausließ und die Straße hinunterrannte, da war es ganz besonders still in dem Raum.

Sie tunkten ihr Brot in das letzte Fett in der Schüssel und tranken sich zu. Normalerweise ist das die Zeit, wo ich den Wein in den Stimmen der Feiernden hören kann, wo es lauter und lustiger wird, aber hier wurde es ruhiger und ernster. Und der Stille sagte so ganz nebenbei zwischen zwei Bissen, dass ihn einer der Männer am Tisch verraten werde.

Das gab ein Hallo und ein fragen, warum und wer, besonders der Fischer führte ein großes Wort. Und der Stille tunkte sein Brot ein, reichte es einem anderen über den Tisch und sagte: „Der, dem ich den Bissen eintunke und gebe." Und zu diesem gewandt: „Was du tun musst, tue bald." Das war der Moment, wo der Mann aufsprang und der Stuhl umfiel, als er hinausging.

Ich hatte auch Dinge zu besorgen, griff mir den leeren Weinkrug und holte einen vollen herein. Als ich wiederkam, war es ruhig geworden. Der Stille hatte wieder ein Stück Brot in der Hand. Es war eine Stille im Raum, die mehr war als das Schweigen, und ich hörte genau, wie er das Brot brach. Ich schaute auf seine Hände, als er das Brot weitergab und „Nehmt und esst" dazu sagte. Es war mehr als nur das Brot, was in seinen Händen lag.

Dann nahm er den Krug und das Wort „Gedächtnis" dröhnte in meinen Ohren, als einer nach dem anderen seinen Mund an den Becher legte. Sie kauten das Brot und schluckten den Wein und alle Augen blickten unverwandt auf den Stillen.

ICH WAR DABEI...

(frei nach Matthäus 26, 36ff)

Eigentlich gehörte ich ja nicht so recht zu den Jüngern dazu. Obwohl ich in den letzten Tagen häufiger dabei gewesen war. Aber eben nur in den letzten Tagen und nicht seit Jahren wie einige von den Anderen.

Natürlich kannte ich die Verheißungen von Jesaja, aber ich bin nicht im Traum darauf gekommen, dass sie etwas mit ihm zu tun haben könnten. Ich hatte so einiges von Jesus gehört, bevor er nach Jerusalem eingezogen war, von Heilungen, Wundern, von Predigten zu vielen Menschen, und ich hatte gesehen, wie er geritten kam, und wir haben ihm Palmwedel vor die Füße gelegt und Hosianna gerufen.

Wir hatten gehört, ein König wird kommen, deshalb sind wir alle hingerannt. Aber so ganz wie bei einem König war es dann doch nicht. Er kam nicht auf einem Pferd, sondern auf einem Esel. Und er hat auch nicht huldvoll gelächelt, als er geritten kam! Es war eher so, dass man mit ihm mitgehen wollte und zuhören und von ihm lernen.

Damals bin ich dann nicht nach Hause gegangen, sondern bin ihm und seinen Jüngern gefolgt. Ich durfte dabei sein, ihm zuhören und alles miterleben.

Er war schon eindrucksvoll, auch vor diesem Abend, von dem ich jetzt erzähle, vorher habe ich ihn wie viele eher für einen Lehrer gehalten.

An jenem Abend ging er wie so oft an den Ölberg. Ich ging mit den anderen zusammen mit ihm. Aber als wir dort angekommen waren, forderte er uns auf zu beten und ging selbst ein Stück weg, um auch zu beten. Ich war recht nah dran, aber genau gehört, was er gesagt hat, habe ich in jener Nacht nicht. Er sah leidend aus und besorgt und ziemlich allein, obwohl wir doch fast alle mitgekommen waren.

Ich habe das nicht so recht verstanden und wie all die anderen, bin auch ich müde geworden und wir sind wohl eingeschlafen. Er weckte uns und war sehr traurig. Er fragte uns: „Was schlaft ihr? Steht auf und betet, auf dass ihr nicht in Anfechtung fallt."

Anfechtung? Wir konnten uns nicht vorstellen, was er damit meinen könnte. Wir standen zu ihm und machten uns keine Gedanken, ihn zu verlassen. Wir wollten bei ihm sein, von ihm lernen. Genauso wenig wie ich vorher verstanden hatte, dass er so schwach aussah und litt, genauso wenig habe ich diese Aufforderung verstanden. Wir wollten doch bei ihm sein und ihm folgen!

Aber dann ging es auf einmal sehr schnell. Eine Schar Bewaffneter kam zusammen mit Judas, den ich aus den Tagen vorher kannte und näherte sich. Judas küsste Jesus zur Begrüßung und aus Jesus

Stimme sprach noch viel mehr Leid und Schmerz, als er zu ihm sagte: „Judas, verrätst des Menschen Sohn mit einem Kuss?"

Die Stimmung war sofort wie geladen. Simon, den sie Petrus nannten, wollte gleich dazwischen gehen und er hatte auch schon ein Schwert gezogen. Und als dann noch jemand, wer es war, sah ich nicht, einem der Knechte ein Ohr abhieb, da hielt Jesus sie von jeder Einmischung ab. Nicht nur das, er heilte sogar das abgeschlagene Ohr.

Wir sollten uns also nicht wehren, wir sollten nichts tun!

Wir alle fühlten uns sehr verloren, aber Jesus, der vorher so hilflos ausgesehen hatte, war jetzt ganz Herr der Lage. Er sprach mit den Bewaffneten und Hohepriestern und fragte sie, warum sie zu ihm wie zu einem Mörder gekommen wären. Er sei ja täglich im Tempel gewesen, wo sie ihn leicht hätten ergreifen können. „Aber", fügte er hinzu, „dies ist eure Stunde und die Macht der Finsternis." Sie antworten nicht, nahmen ihn nur in ihre Mitte und gingen mit ihm weg. Wir blieben ganz verloren stehen.

Als wir dann alleine waren, nachdem sie Jesus abgeführt hatten, kamen wir ein wenig zu uns. Erst fragten wir uns, ob wir nicht doch etwas hätten tun können, ob wir dies nicht hätten verhindern können. Aber Tage später, nachdem alles Weitere geschehen war, verstanden wir:

Auch dies, so schwer es uns fiel, war Gottes Wille. Wir hätten dies weder verhindern können noch dürfen. Jesus musste gefangen genommen werden. Und er musste freiwillig und ohne Gewalt mitgehen. Es ist ihm nicht leicht gefallen, egal was hinterher erzählt wurde, in dem Moment hatte er genauso Angst wie jeder Mensch.

Aber er wusste, dass er für uns alle gehen musste und deshalb ging er, zwar leidend, aber als Herr der Lage.

Ich glaube, das war wichtig, dass es genau so geschah!

Zur Wache in Judäa

(frei nach Matthäus 26, 69ff)

Ja, in diesen unruhigen Zeiten hatte ich dort Dienst in Judäa. War keine einfache Gegend für einen einfachen Soldaten. Fremdes Essen, fremde Sprache, das kannte ich ja von vielen Einsätzen, aber diese Hitze, furchtbar! Ich glaube, es war das einzige Land, in dem ich mich gern zur Nachtwache gemeldet habe.

Vielleicht auch weil da nicht so viel Volk unterwegs war. Ich habe ja schon viele Verrückte gesehen in den ganzen Jahren, aber das Volk, das war schon einzigartig. Wie kann man sich nur so den Kopf heißreden wegen einem einzigen Gott und was der versprochen hat.

Hinrichten sollten wir diesen Spinner am nächsten Tag. Hatte große Worte geführt und dummes Zeug geredet, Wunder soll er vollbracht haben und am Ende hat ihn dann einer seiner eigenen Leute verkauft. Zack, Geld genommen und schon hatten wir ihn.

Friedlich ist er mitgegangen und hat keinen Ärger gemacht. Auch die Verhandlung war friedlich, hat sich nicht gestritten und keine Rache angedroht, nicht rumgeschrien und nichts. Aber trotzdem war dann keine Ruhe. Dieses verrückte Volk schrie weiter gegen ihn und seine Anhänger.

Unten in dem Hof, durch den ich zur Wache patrouillierte, saß einer von seinen Anhängern in der dunkelsten Ecke, hatte den Kopf aufgestützt und schaute, als ob er sich unsichtbar machen wollte. Aber gesehen hat man ihn schon und als die Magd herauskam um Wasser auszuschütten, fragte sie ihn gleich, ob er nicht einer der Begleiter gewesen sei. Selten habe ich erlebt, dass jemand so energisch den Kopf geschüttelt hat.

Er sprang dann auf und ging weg und erst später, als der Abend kühler wurde, sah ich ihn wieder, wie er am Rand eines Feuers stand und die Hände rieb.

Ich habe ihn genau gesehen, das Licht fiel so, dass sein Gesicht gut zu sehen war und gehört habe ich auch, was man so sagte.

Ganz ruhig ging das Gespräch über dies und das, bis einer ganz beiläufig sich zu jenem wendete und wieder so beiläufig sagte: „Ich hab dich gesehen, mit dem Verurteilten, ihr seid zusammen in die Stadt gekommen." Geschimpft hat er da und geflucht, man solle ihm nicht Falsches vorwerfen.

Genauso habe ich es noch ein drittes Mal gesehen, im Tor, wo die Fackeln hängen und man jeden gut sehen kann. Aber als er wieder schimpfte und fluchte, da dämmerte der erste Morgen und ein Hahn fing laut zu krähen an.

Bis dahin hatte ich nichts gesehen, was mich wundern oder überraschen könnte. Aber wie der erste Hahnenschrei erklang, brach der Mann in sich zusammen, als sei er geschlagen worden, brach zusammen und weinte wie ein verlassenes Kind. Dort mitten im Torbogen, wo er noch wenige Augenblicke vorher streitsüchtig alles geleugnet hatte.

Ein merkwürdiges Volk eben, nicht zu verstehen für einen guten aufrechten Römer.

Besuch am Grab

(frei nach Matth. 28, 1ff)

Also Angst, Angst hatten wir schon und das nicht zu wenig! Die Männer hatten sich ja völlig verkrochen, denn wer konnte wissen, was sie mit uns anstellen würden? Aber wir Frauen, wir hatten die halbe Nacht zusammengesessen, geweint und geklagt und gehadert, dass jetzt alles vorbei sein sollte. Einfach vorbei, die gute Zeit miteinander, die Hoffnung, das Vertrauen auf die Zukunft, alles vorbei.

Ich weiß nicht mehr, wer es gesagt hat von uns, mir kommt es vor, als hätten wir alle den Gedanken zur gleichen Zeit gehabt: „Auch wenn es vorbei ist, ein bisschen Würde, ein bisschen Würde ist das Mindeste."

Und so haben wir dies und das zusammengepackt und sind losgegangen. Wir wussten, sie hatten ihn in eines der Gräber gelegt, einfach so. Aber wir hatten jetzt Wasser dabei, Leintücher, Öl, alles, was man so braucht, damit er in Ehren und mit Würde zur Ruhe gebettet wird. Um den Stein, mit dem das Grab verschlossen war, haben wir uns keine Gedanken gemacht, als wir losgingen. Das kam erst später, kurz bevor wir da waren. Wir haben uns gegenseitig beruhigt und gesagt, erst mal sehen, vielleicht ist jemand da, der uns hilft.

Dann waren wir da und der Stein war weg. Wir gingen schneller, wir hatten es eilig hinein zu gehen, ihm die letzte Liebestat zu tun, aber auch weg zu sein, bevor irgendetwas Schlimmes passieren konnte.

Dann war da dieses Licht und diese Stimme: „Was sucht Ihr den Lebendigen bei den Toten?"

Es ging alles so schnell, wir konnten es noch gar nicht glauben, eben waren unsere Herzen noch schwer bei dem Gedanken seinen Leichnam zu salben und jetzt lebte er, lebte er wieder.

So schnell bin ich noch nie zurückgelaufen, jetzt fanden wir die Männer und sprachen von dem Wunder, davon, was Unglaubliches geschehen sei. Und danach Zögern, Zweifel, Hoffnung und Glaube und Freude und weiter erzählen... Er lebt!

Glücklicher, als sie gekommen waren

(frei nach Lukas 24)

Essen und Trinken kann man gut bei uns, aber wer wenig Geld hat, mag auch mit der eigenen Wegzehrung einkehren und nur einen Krug Wein dazu nehmen.

Aber egal ob viel oder wenig Geld, am Ende darf ich den Boden fegen, die Tische wischen und die Weinkrüge abspülen. So geht das tagaus tagein und manchmal denke ich, in einer Wirtschaft ist der, der solches tut, unsichtbar für alle Gäste. Sie reden immer miteinander, als ob ich keine Ohren hätte, und ich habe sie schon mancherlei Wunderliches sagen hören. Der eine oder andere erzählt in einer Wirtschaft Dinge, die ich auf keinem Marktplatz zu hören kriege und in keinem stillen Garten.

Letztens aber, da waren die, die redeten, so merkwürdig überrascht von dem, was sie selbst entdeckt hatten, das habe ich noch nicht erlebt. Zu dritt kamen sie staubig nach einem langen Stück Weg und so ins Sprechen und Diskutieren vertieft, dass es dauerte, bis sie Brot und Wein bei mir bestellten. So stand ich denn auch ein Weilchen in der Nähe des Tisches und konnte genau hören, was sie so sagten.

Sie redeten, also eigentlich zwei von ihnen redeten, über den Lehrer, den sie vor kurzem in Jerusalem gekreuzigt hatten und der Dritte schien von außerhalb zu kommen, denn er fragte, als ob er noch nichts davon gehört habe. Die beiden ersten waren traurig und kannten diesen Lehrer wohl als Propheten und hatten auf die Erlösung des Landes gehofft. Einer der beiden erzählte, dass die Weiber, die mit ihnen gegangen waren, das Grab leer gefunden hätten und einen Engel davor.

Da fing der Dritte zu reden an und wusste auf einmal mehr als seine zwei Weggefährten. Er erzählte, was bei den alten Propheten geschrieben stand und das alles so bestimmt gewesen sei und so hätte geschehen müssen.

Ich aber brachte dann Brot und Wein und der Dritte nahm mir das Brot ab und brach es vor seinen Begleitern. In dem Moment hatte ich mich schon weggewandt, um zur Küche zurück zu gehen. Aber als ich hinter mir laute Stimmen hörte, war ich doch zu neugierig. Ich drehte mich noch einmal um und jener, der das Brot gebrochen hatte, war nicht mehr am Tisch.

Die beiden anderen aber waren erstaunt, verwundert, ergriffen, und als wir sie nach dem Grund fragten, erzählten sie uns, dies sei der Mann gewesen, der vor drei Tagen gekreuzigt wurde. Sie aber hätten ihn nicht erkannt, bis er das Brot brach, und jetzt hätten sie keine Zeit mehr zum Essen und müssten es eilig den Freunden sagen. So brachen sie – glücklicher als sie gekommen waren – eilends wieder auf zurück nach Jerusalem.

Seine letzten Tage

(frei nach Johannes 20)

Woher hätte ich es denn wissen sollen? Gut, ich bin lange Jahre mit ihnen durch die Gegend gezogen, ich habe gesehen, was sie gesehen haben und gehört, was sie gehört haben. Ich habe IHN Wunder tun sehen und Menschen heilen. Ich habe gehört, was ER uns gesagt und versprochen hat.

Aber dann war ER tot, - verraten, verurteilt, verspottet, hingerichtet. Wir hatten Angst. Es war alles vorbei und wir haben uns gegenseitig aufgefordert, uns in Sicherheit zu bringen. Wir Männer haben uns versteckt. Wir wussten, dass die Frauen zum Grab wollten, um ihn zu waschen, und wir wussten, wir waren feige. Aber Frauen, wer würde sie bestrafen für einen Akt der Liebe, das haben wir uns so gesagt.

Auch in den nächsten Tagen war ich nicht dabei. Ich hörte wohl die „Gerüchte". Den Frauen habe ich nicht geglaubt, das konnte ich mir noch schönreden, aber den Brüdern, das war schwer. Sie sagten, er sei zurück, sie sagten, er habe mit ihnen gesprochen, aber ich konnte es nicht glauben.

Wer hat so etwas schon einmal gehört? Ein Mann, der von den Toten zurückkehrt, ein Mann, der wirklich und wahrhaftig tot ist und dann wieder zu den

Menschen kommt, die ihn vorher kannten. Ja, ich weiß, er war kein normaler Mann, aber trotzdem, ich habe es nicht glauben können, als sie es mir erzählten. „Thomas", sagten sie, „Thomas, er war es, er war es wirklich und lebendig und er war so wirklich bei uns, so wie Du jetzt hier neben uns stehst. „Ich glaube es nicht.", sagte ich, „Wenn ich nicht seine Wunden sehe und meine Finger darauflege, glaube ich es nicht." Und ich meinte, sie seien von etwas geschlagen, das ihnen Bilder einer Hoffnung vorgaukele, die ich nicht hatte.

Sie ließen mich dann auch in Ruhe mit ihren wilden Hoffnungen und wir saßen ein ums andere Mal ruhig beieinander, sprachen, aßen und tranken und überlegten, wie es wohl weitergehen sollte.

Einmal aber waren wir wieder zusammen und hatten Türen und Fenster verschlossen. Und von einem Atemzug zum nächsten, sah ich IHN. ER stand vor mir, wie er noch vor wenigen Wochen so oft vor mir gestanden hatte. ER sprach mit mir, wie ER vorher gesprochen hatte, vernünftig und verständlich und klar. Von meinem Zweifel wusste ER und obwohl ich schon, als ich IHN sah, keine Zweifel mehr gehabt hatte, nahm ER meine Hände und legte sie auf Seine Wunden.

Das wollte mir fast das Herz zerreißen, wie ich da stand und meinen Zweifel vorgeführt bekam. Wie gerne hätte ich einfach nur aus vollem Herzen geglaubt, wie die Anderen es konnten. ER sprach mit mir und nahm mich und meinen Zweifel ernst, aber der Glaube ohne den Zweifel, der wäre IHM doch lieber gewesen.

So habe ich IHN gesehen, als ER nach seinem Tode zu uns kam, das kann ich bezeugen und ich bin auch dort gewesen, als ER für immer von dieser Welt ging. Er hat uns vieles erklärt und gelehrt und unsere Fragen beantwortet, was wir nach seinem Tode tun sollten, und dass wir in Jerusalem bleiben sollten, bis uns ein deutliches Zeichen gegeben würde.

Und wie ER noch stand und sprach und uns segnete, da war es, als verschwinde Er aus unserer Sicht, als erhöbe ER sich in den Himmel. So haben wir es mit unseren eigenen Augen gesehen, wie ER von unserer Welt hinwegging.

Welch herrlicher Tag

(frei nach Apg. 2)

War ich aufgeregt an diesem Tag, ich hätte es nicht mehr sein können, wenn ich gewusst hätte, was der Tag Überraschendes bringen würde. Allein das Versprechen an diesem schönen Tag mit meinen Eltern nach Jerusalem zu dürfen und den ganzen Tag die Wunder dieser großen Stadt bewundern zu dürfen, war himmlisch.

Es war viel Volk unterwegs und ich habe noch nie so viele Sprachen gehört. Unseren eigenen Dialekt hörte ich gar nicht, aber das hatte ich auch nicht erwartet, und wenn sie langsam sprachen, verstand ich die Einheimischen doch recht gut. Wir hatten so einiges erledigt und waren in einer Gegend, die ich gar nicht kannte, als vor uns eine große Aufregung zu sehen und zu spüren war. Neugierig riss ich mich von den Händen meines Vaters los und lief voraus, um besser schauen zu können.

Merkwürdiges war am Himmel zu sehen und zu hören, wie Feuer und Leuchten und Wind und alles zugleich, und ich hörte die Menschen neben mir in allen Sprachen rätseln und sich fragen, was das sei. Als sie leiser wurden, hörte ich ein paar Männer mit fester Stimme reden und freute mich, wie gut ich sie verstand. Bis ich merkte, sie sprachen ja genau meinen Dialekt, das war das erste schnelle Sprechen von Fremden, was ich an dem Tag verstanden habe. Aber das Komische war, auch alle anderen um mich herum hörten gut zu, obwohl sie doch vorher ganz anders gesprochen hatten. Sie redeten von Gott und was er den Menschen Gutes tue und wir verstanden es alle gut.

Nach einer Weile merkten alle, dass jeder zuhörte und man nicht wie sonst den ganzen Tag die geflüsterten Fragen in fremden Sprachen hörte, wenn der, dem die Sprache fremd ist, nachfragt. Es wurde wieder so laut, dass man die Männer nicht mehr hörte und mancher fragte, ob es an der Wirkung von Wein liegen könnte, dieses fremde Sprechen in allen Sprachen.

Der eine von den Männern, die wir alle verstanden, hob seine Stimme und redete wieder zu allen. „Es ist nicht der Wein", sagte er, „ganz im Gegenteil. Gott hat versprochen, dass er seinen Geist ausgießen wird über die, die an ihn glauben." Und er redete noch viel mehr und anderes über Tod und Auferstehung, was ich nicht alles verstand.

In der Zwischenzeit hatten meine Eltern mich wiedergefunden und standen an meiner Seite und hörten wie ich dem Mann zu.

Niemals vorher habe ich so viele Menschen an einer Stelle so ruhig auf die Worte eines Mannes hören sehen und nach der Rede sprachen wir noch lange miteinander.

Das war das erste Mal, dass meine Eltern auf meine Worte aufmerksam hörten und wissen wollten, was ich zu der Rede dachte.

Mein Vater sagte später manchmal: „An dem Tag waren wir doch alle drei wie neugeborene Kinder, das war uns allen gleichermaßen neu und fremd, da sollten wir doch auch alle mitentscheiden dürfen."

Wir haben uns dann entschieden, dass wir mehr hören wollten und gingen zu der Gemeinde, die in diesen Tagen entstand und gehörten dazu.

Ich habe jetzt denselben Weg wie ihr

(frei nach Apg. 9)

Am besten kann ich diese Zeit mit einem Wort beschreiben: ANGST. So eifrig wie er nachher war, so eifrig war er auch vorher. Wir, seine Anhänger, wir, die an diesen Messias glaubten, dort, wo er einen von uns finden konnte, da verriet er uns. Und als wir hörten, dass er auf dem Weg nach Damaskus sei, da war alles in heller Aufregung. Der Sohn meines Bruders würde es uns erzählen können, das wussten wir, denn er reiste mit ihm. Er glaubte nicht wie wir, aber er verstand auch nicht, warum man uns verfolgte, deshalb half er weiter, wenn eine Gruppe Männer ein paar helfende Hände auf einer Reise brauchen konnte.

Wir aber versteckten uns und glaubten den Zuversichtlichen nicht, die auf Gottes Wunder und seinen Segen hofften.

Mein Nachbar hatte sich auch mit uns versteckt, ging aber an einem Morgen hinaus, weil er eine wichtige Erledigung hatte. Er zitterte am ganzen Körper und wir bestürmten ihn zu bleiben.

Da erzählte er uns die merkwürdige Geschichte: Ihm sei in der Nacht unser Herr erschienen und habe ihn losgeschickt. Er solle seinen größten Verfolger treffen und ihm die Hand auflegen. Jener sei blind geworden und nur die Hände von ihm, Hananias könnten ihm das Augenlicht wieder geben.

Wir schalten ihn dumm und unvorsichtig, aber er ging dennoch. Keiner von uns erwartete, ihn wirklich wieder zu sehen, und so erschraken wir als er kurze Zeit später wieder kam, in Begleitung von jenem Saul, der so viele unserer Brüder und Schwestern verraten hatte.

Meines Bruders Sohn war auch dabei und während die Frauen wie überall losgingen um Essen zu holen, erzählte er mir in einigen dürren Worten, was sich zugetragen hatte.

Sie seien gut vorangekommen, erzählte er und wären nur eine halbe Tagesreise vor Damaskus gewesen, als Saulus auf einmal die Hände vor die Augen schlug, stehen blieb und laut mit sich selber zu reden begann.

Es war, als antwortete er einer unhörbaren Stimme, und er schrie und weinte und rief: „Herr, Herr!" Als er die Hände von den Augen nahm, war er blind und verlangte nach Damaskus geführt zu werden. Dort würde er abgeholt und geheilt werden. Mein Neffe war neugierig geworden und bot sich an, ihn zu führen und hatte mehr erfahren auf der Tagesreise, die es einen Mann ohne Augenlicht kostete zu uns zu kommen.

Saul habe ein Licht gesehen und eine Stimme habe traurig gefragt: „Saul, warum verfolgst Du mich?" Als er nachgefragt hatte, erfuhr er, dass unser Herr diese Frage gestellt hatte.

Wir gingen zu den Männern, die rund um Saul standen und hörten gerade noch, wie er dieselbe Geschichte zu Ende erzählte, die ich gerade gehört hatte.

Er schaute in unsere Runde und sah uns alle an: „Verzeiht mir!", sagten seine Augen und sein Mund sagte: „Ich habe jetzt denselben Weg wie ihr."

Ein Küchenjunge und sein Dienst

(frei nach Apg. 12, 1ff)

Ich soll also erzählen, was ich damals so gesehen habe, in dieser stürmischen Zeit rund um das Passahfest.

Also erst mal zu mir, ich war damals Küchenjunge am Hof und als Küchenjunge hat man ja sowieso überall und nirgends was zu suchen. Meine Aufgabe war entweder lauter langweiliges Zeug in der Küche kleinzuschneiden, aufzuräumen oder unwichtigen Leuten Essen zu bringen: den Wachen im Gefängnis, den Gefangenen, den Dienstboten und so. Das hab ich natürlich viel lieber getan als den Küchendienst, denn da konnte ja keiner genau sagen, wie lange ich brauchen würde und wo ich genau sein musste. Ich hatte dann immer etwas Zeit, mich mal umzusehen und ja, ich geb es zu, neugierig bin ich schon.

Ihr fragt, an welchem Hof ich da war? Das war der Hof von Agrippa dem Ersten, aber alle nannten ihn Herodes, wie seinen Großvater. Er war seit kurzem König bei uns in Judäa, vorher war er lange in Rom gewesen, sagt man. Er war ein König, der sich immer als stark aufspielte, der überall seine Finger drin haben, Macht haben wollte und beliebt sein bei allen, die im Volk Macht haben. Deshalb passierte auch diese ganze Sache mit den Christen.

Es ging los mit Gerüchten, wenn ich mich richtig erinnere. Auf einmal redete jeder von diesen Christen, dass sie sich breit machten und den Juden keinen Raum ließen. Sie hielten sich nicht an die Gesetze und nähmen jeden, auch Heiden bei sich auf. Einige Leviten haben damals, glaub ich, mit Herodes gesprochen, aber was da genau war, hab ich nur aus den Gerüchten gehört. Kurz nachdem die Leviten weg waren, war auf jeden Fall Tumult bei den Soldaten und etliche zogen los und kamen wieder mit gefangenen Christen. Einige wurden nach ein paar Tagen wieder freigelassen, aber einer, dieser Jakobus, den haben sie hingerichtet. Das war ein Volksauflauf, denn Hinrichtungen mit dem Schwert haben wir hier selten.

Die Pharisäer müssen auf jeden Fall begeistert gewesen sein, was man so hörte. Die Christen verschwanden aus der Stadt oder machten sich mehr oder weniger unsichtbar.

Das nächste habe ich dann wieder selbst gesehen. Ich war unten im Kerker und hab Essen gebracht, als sie mit diesem Fischer ankamen. Der oberste Gefangenenwärter ließ alle Wachen zusammenrufen und alle standen dann zusammen mit diesem Simon Petrus im großen Wachraum.

„Dieser Gefangene ist wichtig", sagte der oberste Wärter, „deshalb werden wir jeden Fluchtversuch und jede Befreiung ausschließen. Er bleibt hier bis nach dem Passah-Fest, dann wird er verurteilt. Damit er auf gar keinen Fall fliehen kann, wird er rund um die Uhr bewacht."

Er stellte vier Wachen neben den Fischer, nahm die schweren Ketten, die der schon an seinen Händen und Füßen hatte, und legte das andere Ende dieser Ketten je einem Wachmann an. „Ihr vier", sagte er dann, „ihr haftet mir in den nächsten sechs Stunden mit eurem Leben für sein Leben: Zwei gehen mit ihm angekettet in die Zelle, zwei stehen davor Wache. Geöffnet wird die Zelle erst, wenn Wachwechsel ist, sechs Stunden-Wachen rund um die Uhr. Wenn er flieht oder sich selbst umbringt, sterben alle vier Wachen für ihn."

Puh, das war die sicherste Wache, die ich jemals gesehen habe. Die Ketten allein waren schon so schwer, dass man damit nur ganz langsam gehen konnte. Den Schlüssel gab der oberste Wärter niemandem, er ging immer selbst zum Aufschließen und die zwei Wachen vor der Tür waren auch nicht ohne. Ich hab den Fischer dann in den nächsten Tagen noch ein paarmal gesehen, weil ich ihm das Essen gebracht habe. Da musste ich sehr pünktlich sein, denn Essen gab es nur genau bei Wachwechsel, direkt, nachdem er neu angekettet wurde. Kam ich zu spät, kriegte er nichts.

Er hatte keine Angst und war fast heiter. Aber er hatte auch keine Fluchtpläne, da bin ich mir sicher. Einmal sagte er zu mir: „Ich hab mehr Angst um die

Gemeinde, sie ängstigen sicher um mich, aber sie werden auch für mich beten."

Und dann kam die letzte Nacht, ich konnte nicht schlafen und ging hinunter, wollte Petrus noch einmal sprechen, wie er das mit dem Beten gemeint hatte – oder einfach nur schauen, ich bin mir nicht mehr ganz sicher.

Als ich runter kam, sah ich die Wachen vor der Tür. Sie standen aufrecht da und scheuchten mich weg – „Geh weiter, Junge, du hast hier nichts verloren und der Gefangene schläft auch."

Ich ging ein Stück weg und setzte mich um die Ecke in eine Wandnische – vielleicht war ja später noch Gelegenheit zu einem Gespräch.

Dann passierte so viel gleichzeitig, auf einmal saßen die Wachen, als ob sie schliefen – das hatten sie vorher noch nie getan! Und dann wurde es hell in der Zelle, viel heller als die Fackeln oder ein Feuer, gerade so, als ob die Sonne mitten in der Zelle aufgegangen wäre.

Ich hörte eine fremde Stimme: „Steh eilends auf!" Als nächstes klirrten die Ketten, als ob sie auf den Boden fielen. Die Stimme redete wieder „Gürte dich und ziehe deine Schuhe an!"

Und dann kam das Licht aus der Zelle hinaus, mittendrin Petrus. Einen zweiten Mann, den, der geredet hatte, konnte ich nicht sehen, dafür war das Licht zu hell. Die Tür der Zelle war gar nicht aufgegangen, sie waren mit dem Licht einfach hinausgegangen. Ich wurde neugierig und ging hinterher – so schnell ich eben konnte, ich musste die Türen schließlich öffnen. Sie gingen mitten durch die Wachen und als ich kurz hinterher ging, hielten mich die Wachen an und ließen mich erst gehen, als sie mich erkannten.

Ich hab sie erst am eisernen Tor wieder eingeholt, am schweren Stadttor, das war weit offen. Normalerweise braucht das drei oder mehr Mann, aber der Mann im Licht und Petrus waren weit und breit allein. Eine Gasse weiter waren das Licht und der Mann weg und Petrus allein.

Ich hab ihn dann doch nicht angesprochen, sondern bin still weggegangen. Aber ein paar Tage später habe ich mich vom Palast weggeschlichen und habe nach den Christen gesucht. Erst waren sie sehr verschlossen, aber als ich ihnen erzählte, was ich gesehen habe, konnte ich doch mit einigen von ihnen reden. „Petrus ist versteckt, solange die Verfolgung gegen ihn läuft", sagten sie mir, und der Mann im Licht, den ich nicht gesehen habe, das wäre ein Engel, von Gott geschickt um Petrus zu retten.

Wenn Gott so ein Wunder für diesen Fischer getan hat, wie wichtig müssen ihm dann die Menschen sein.

WIE GEHT DAS MIT DER LIEBE?

(frei nach 1. Korinther 13)

Also: toll angehört hat es sich schon! Hätte ich nie gedacht, dass die sowas im Gottesdienst vorlesen. Aber wenn es in den Briefen von Paulus drinsteht. War so ein wenig wie ein Liebesbrief oder? Nicht alles, das stimmt schon, aber doch eine ganze Menge. Stell dir das mal vor, du küsst deinen schönen Schwarm und der sagt dir sowas. Herrlich nicht. Aber die Jungs haben heute alle nur geguckt als wüssten sie nicht, wohin mit den Augen. Ich glaub, die denken auch nicht so an die Liebe. Ich glaube, die haben eher s ü n d i g e   G e d a n k e n.

Also: tönerne Glocke oder gellende Schelle, nichts Großes und Wertvolles. Ja, dein Schwarm ist anders, der liebt dich, hätte er dir auch fast schon mal im Mondschein gestanden, wenn deine Eltern dich nur nicht erwischt hätten, als du auf das Dach wolltest. Aber glaubst du wirklich, glaubst du, er liebt dich wirklich? So sehr wie Paulus schreibt? Sie haben ja heute erklärt, dass man Gott so lieben soll, aber meine Mutter hat dann gelacht und gesagt: Wie soll einer von uns Gott lieben, den wir nicht sehen und nicht kennen, wenn wir nicht vorher einander so lieben können, die wir uns sehen und sprechen. Sie sagte einander, nicht meinen Mann oder meinen Mann und meine Kinder. Als ob das mit der Liebe etwas Besonderes und etwas Großes ist und trotzdem…. Ach verstanden habe ich das nicht.

Also lieben, ganz Gefühl sein, verschenken, alles sein, alles verstehen, alles hoffen, alles akzeptieren. Als ob all das, was sie uns jeden Tag sagen nichts ist. Den Armen geben, Verfolgung ertragen, Glauben mit allen Fasern von uns, prophetische Rede alles nichts, nichts, nichts. Aber wenn wir das in unserem Herzen haben, dieses alles vertrauen, alles hoffen, alles glauben, dann ist das Nichts auf einmal etwas, ganz viel, Alles. Wenn ich das denke, stockt mir der Atem. Kann das wirklich so groß sein, diese Liebe?

Stell dir das nur einmal vor, so lieben zu können, so ganz, so vollkommen. Das ist doch dann, als…., wie schreibt Paulus, als wenn wir die kleinen, winzigen Bruchstücke von Wissen und Gefühl, von Liebe und von Glauben, die wir hier haben, eintauschen könnten in etwas Echtes und Ganzes und Perfektes. Wenn alles das, was fehlt von ganz allein dazukommt, einfach, weil es dazu kommen muss und alles was zu viel ist, verschwindet. Wie schreibt Paulus: Glauben, Hoffen, Lieben und Liebe ist das Größte.

Das klingt schon wunderbar und wunderschön, aber wirklich verstanden habe ich es nicht, wie es denn jetzt geht mit der Liebe.